Peut-être

l'unique exemplaire ?

ORGANT,

POËME

EN VINGT CHANTS.

Vous, jeune homme, au bon sens avez-vous
dit adieu ?

GILBERT, Sat. du XVIIIe siecle.

(par Saint-Just).

AU VATICAN.

1789.

PRÉFACE.

J'AI vingt ans ; jai mal fait ; je pourrai faire mieux.

ORGANT,

POËME

EN VINGT CHANTS.

CHANT I.

ARGUMENT.

Comment Sornit devint âne ; comment ſa mie Adelinde fut violée par un Hermite ; comment l'Amour délivra Sornit ; comment la Folie devint Reine du monde.

Il prit un jour envie à *Charlemagne*
De baptiſer les Saxons mécréans :
Adonc il s'arme, & ſe met en campagne,

Suivi des Pairs & des Paladins francs.
Monſieur *le Magne* eût mieux fait, à mon ſens,
De ſe damner que de ſauver les gens,
De s'enivrer au milieu de ſes Lares,
De careſſer les Belles de ſon temps,
Que parcourir maints rivages barbares,
Et pour le Ciel conſumer ſon printemps.
Dix ans entiers, ſur les rives du Xante,
On vit aux mains les Mortels & les Dieux.
Paſſe, du moins c'était pour deux beaux yeux,
Et cette cauſe était intéreſſante :
Mais je plains bien les Héros que je chante.
Comme des fous, errans, ſans feu ni lieu,
Depuis quinze ans, les ſires vénérables
Et guerroyaient, & s'en allaient aux diables,
En combattant pour la cauſe de Dieu.
Tout allait bien, & le bon Roi de France
De triompher careſſait l'eſpérance,
Quand lui, l'armée, & tout le peuple franc,
devinrent fous, & vous ſaurez comment.
Le blond *Sornit*, Sire de Picardie,
Ayant en croupe *Adelinde* ſa mie,
Errait au ſein d'une épaiſſe forêt,
Où le pouvoir d'une triſte magie,
Des voyageurs plaiſamment ſe jouait.
Le paſſager un ſiecle cheminait

De çà, de là, par maintes avenues,
A droite, à gauche, & ſans trouver d'iſſues ;
Car la forêt, par un enchantement,
Suivait les gens, s'avançait à meſure,
De quel côté qu'on tentât aventure.
Sornit le preux s'ennuyait cependant ;
Dans ces déſerts ſa valeur abuſée,
Depuis long-temps ne s'était exercée ;
Sornit brûlait de ſignaler encor
Et ſon grand cœur & ſa haute vaillance,
Pour *Adelinde*, & l'Amour, & la France.
De temps en temps il ſonnait de ſon cor ;
Tout répondait par un profond ſilence.
Mais un beau ſoir il voit venir enfin
Un Chevalier enveloppé d'airain,
Le pot en tête, & la lance à la main,
Et ſous lequel un pallefroi ſuperbe,
D'un pied léger effleure à peine l'herbe.
Il accourait à pas précipités ;
Sornit s'avance, & lui crie : Arrêtez,
Chevalier preux, ſi n'êtes pour la France.
Je ſuis pour moi, dit l'autre avec fierté,
Et ſur le champ remets à ma puiſſance
Ce Palefroi, cette jeune Beauté,
Si n'aimes mieux mourir pour leur défenſe.
Vain Chevalier, les perdrai s'il le faut.

Dit le Picard, mais périrai plutôt ;
Et tout à coup ses yeux bleux s'arrondissent,
Et l'un sur l'autre ils fondent tous les deux :
Sous les éclairs leurs casques retentissent,
La forêt tremble & les chevaux hennissent.
Plein de fureur, l'un & l'autre guerrier,
En cent détours, & de taille & de pointe,
Multipliait le volatil acier.
Par-tout la force à l'adresse était jointe.
Tantôt le fer, étendu mollement,
Du fer rival suivait le mouvement ;
Puis tout à coup leur fougue redoublée,
D'un bras soudain alongé, raccourci,
Cherche passage au sein de l'ennemi,
Et fait frémir la forêt ébranlée.
Alinde en pleurs, un bras au ciel tendait,
Et son amant de l'autre entrelaçait ;
Ses cris perçans & le bruit de l'épée,
De la nuit sombre augmentent la terreur ;
Elle criait, d'épouvante frappée :
Ah ! déloyal, percez plutôt mon cœur !
A la faveur de son coursier agile,
Notre inconnu s'élance brusquement,
Prend dans ses bras Adelinde immobile,
Pique des deux, & fuit comme le vent.
Glacé de honte, enflammé de courage,

Plein de regret, plein d'amour, plein de rage,
Sornit s'emporte, & vole ſur ſes pas.
Linde criait, & lui tendait les bras :
Bientôt après devant eux ſe préſente,
Environné d'une onde tranſparente,
Un grand châtel, couvert de diabloteaux
Tenant en mains des torches, des fanaux,
Dont le zéphyr, dans les replis des flots,
Allait briſer l'image étincelante.
Sornit hâtait ſon cheval au galop.
Au ſon du cor le pont-levis s'abaiſſe,
L'inconnu paſſe, & *Sornit* auſſi-tôt.
Soudain le pont ſe leve avec vîteſſe ;
Tout diſparaît, les fanaux ſont éteints.
Devers le ciel *Sornit* tendait les mains ;
Par-tout il roule une ardente prunelle,
A haute voix *Adelinde* il appelle.
Rien ne répond : ſeul, l'écho de ces lieux
Renvoyait *Linde* à ſon cœur amoureux.
A la douleur ſuccede la furie.
La lance au poing, il ſaute de cheval :
J'aurai ma Dame, ou j'y perdrai la vie.
La porte était d'un acier infernal ;
ſa lance en feu contre elle ſe partage,
Plus furieux de ſe voir déſarmé,
En cris confus il exhale ſa rage,

Quand tout à coup il se trouve enfermé.
   Le cœur humain est né pour la faiblesse,
Et l'héroïsme est un joug qui l'oppresse.
Le Chevalier commença par jurer,
Par braver tout, & finit par pleurer.
   Dans le château quand *Linde* fut entrée,
Le ravisseur, la tenant par la main,
La conduisit, interdite, éplorée,
En certain lieu lugubre & souterrain;
Puis il s'en fut. Il paraît à sa place
Un gros Hermite enflammé par la grace,
A la lueur d'un lustre de cristal.
Ses yeux brillaient d'un éclat infernal;
Le Moine en rut, dans sa rage cinique,
Sur ses appas porte une main lubrique;
D'un bras nerveux à terre il vous l'étend,
Et *Linde* en pleurs criait : Mon Révérend!
Ce fut en vain; d'une moustache rude
Il va pressant sa bouche qui l'élude,
Et sa main dure, en ces fougueux transports,
De ce beau sein meurtrissait les trésors.
Linde mourait de plaisir & de rage,
Le maudissait en tortillant du cu,
Et quelquefois oubliait sa vertu.
   Oh! qu'il est doux, dans le feu du bel âge,
Pour un tendron, à son penchant livré,

De recevoir sur ses levres brûlantes
Mille baisers d'un amant adoré,
De le presser en des mains caressantes,
De se livrer & se laisser charmer !
Mais qu'il est triste, hélas ! de se confondre
Avec quelqu'un qu'on ne saurait aimer,
De se sentir à regret enflammer,
Et malgré soi brûler & lui répondre !
Linde pleuroit dans les bras du vilain.
Après qu'il eut sa luxure assouvie,
Il l'emmena sur une tour d'airain,
Qui commandait à toute la prairie.
Tel autrefois *Saint-Jean* le songe-creux,
Dans son désert, rêvant l'Apocalypse,
Etait porté sur la voûte des cieux,
Comme Lansberg pour prédire une éclipse :
Il voyait là des animaux pleins d'yeux,
Des chandeliers, des vents, des sauterelles,
Des chevaux blancs, & quelques jouvencelles ;
Linde ne vit ces objets merveilleux,
Et seulement le déloyal Hermite
Vous la posa brusquement de son long
Sur un chariot traîné par un Démon
Qui dans les airs soudain se précipite.
« Adieu la belle ; adieu, dit l'homme à froc,
» Dans un désert prenez en patience

» Cette aventure, & je jure Saint-Roch
» Que de vos jours ne reverrez la France :
» Vous apprendrez le but de l'Enchanteur ».
Mais suivons *Linde*; elle appelle mon cœur.
  Après avoir, dans sa course rapide,
Un jour entier fendu l'espace vide;
Après avoir franchi de vastes mers,
Des monts, des lacs, des cités, des déserts,
Son char léger s'abattit de lui-même
Sur un rocher où Neptune orageux
Venait briser ses flots impétueux.
Dans le transport de sa douleur extrême,
De cris perdus elle frappa les cieux,
Et mille pleurs coulerent de ses yeux.
  « Quelle est, hélas! quelle est ma destinée!
» S'écria-t-elle, après quelques instans,
» Dans l'univers errante, abandonnée,
» Triste jouet de noirs enchantemens,
» Loin d'un amant à vivre condamnée!
» C'est donc ici que le ciel rigoureux
» Fixe à jamais mon destin amoureux.
» Que deviendrai-je en ces déserts sauvages?
» J'entends la mer se briser sur ces plages;
» Tout est brûlé des feux ardens du jour....
» Ainsi mon cœur est brûlé par l'amour!
» O mon amant quel effroyable espace

En

» En ce moment te ſépare de moi !
» Que dis-je ? hélas ! mon cœur eſt près de toi ;
» Le tien peut-être a volé ſur ma trace » !
Alinde alors pouſſa de longs ſanglots,
Fondit en pleurs, & tomba ſur le dos.
Dans ce moment d'amour & d'infortune,
Tendre *Sornit*, que n'étais-tu préſent !
Ces yeux errans ſous leur paupiere brune,
Ces bras d'ivoire étendus mollement,
Ce ſein de lait que le ſoupir agite,
Et ſur lequel deux fraiſes ſurnageaient,
Et cette bouche & vermeille & petite
Où le corail & les perles brillaient,
Au Dieu d'amour tes baiſers demandaient.
Quelques inſtans, *Adelinde*, plaintive,
De ſon amour entretint les regrets ;
Et ſoit le bruit des vagues ſur la rive,
Soit même encor cette ſtupide paix
Qui naît du choc de nos troubles ſecrets ;
Elle dormit. Le Maître du tonnerre
Fit le ſommeil exprès pour la miſere.
Dans une tour, notre amant enfermé,
Voyant *Alinde* à ſes baiſers ravie :
« Amour, dit-il, Amour qui m'as charmé ;
» Ah ! ſuis ma Dame, & protege ſa vie ;
» Rappelle-lui ſes plaiſirs, ſes ſermens ;

» Protége-la contre les maléfices,
» Contre elle-même & les enchantemens,
» Et quelquefois peins-lui tous les supplices
» Qu'elle me coûte en ces lieux effrayans.
» Quand elle dort, que ta voix lui rappelle
» Dans ces cachots que je veille pour elle ».
Comme il parlait, le tendre Chevalier
Sentit son dos en voûte se plier;
En un poil dur sa peau douce est changée,
Ses mains d'ivoire & ses pieds rembrunis
En un sabot sont soudain racornis,
Pousse une queue, & sa tête alongée
D'oreilles d'âne est bientôt embranchée.
Tendre *Sornit*, du moins, dans ton malheur,
L'enchantement ne changea point ton cœur !
Il veut parler, ses soupirs énergiques
Font du châtel résonner les portiques.
Le Dieu d'amour, qui l'avait entendu,
Pleure le trait que son arc a perdu.
« Eh quoi ! dit-il, moi, le Roi de la terre,
» J'aurai rendu cent Héros mes captifs,
» Et j'aurai fait qu'un ange de lumiere
» Aura quitté le séjour du tonnerre,
» Pour forniquer avec deux tetons juifs;
» Et mon courroux n'aura pas la puissance
» De se venger d'une telle insolence !

» Ah ! pour jamais périsse mon carquois,
» Si le Ténare est rebelle à ma voix,
» Si les Démons, les vents, & le tonnerre,
» Au même instant ne servent ma colere ».
Amour alors, affourché sur un vent,
Pique des deux, & vole au firmament.
Il était l'heure où, des grottes de l'onde,
Phébus se leve aux barrieres du monde.
Les Chérubins, dans leurs alcoves d'or,
Sur l'édredon là-haut dormaient encor.
Amour arrive, & le vaste Empirée
De tout côté frémit à son entrée ;
Et sa présence a plongé tous les cieux
Dans un repos tendre & voluptueux.
Dieu sommeillait sans sceptre & sans couronne,
Sur le dernier des degrés de son trône,
Le cou posé sur un broc de nectar ;
Et cependant les rênes de la Terre
Erraient sans guide & flottaient au hasar.
Amour les prit, & monté sur un char
Qui contenait l'attirail du tonnerre,
La foudre en main, il sillonne les airs,
Menace, rit, évoque les enfers.
Le jour s'enfuit, l'éclair part, le ciel gronde,
Mille Démons, mille spectres hideux,
De leurs nazeaux, de leurs culs, de leurs yeux,

Soufflent dans l'ombre une lueur immonde.
Le gros Hermite, au donjon de sa tour,
En cercles vains agite sa baguette;
Enchantemens, grimoires, amulette,
Tout est rebelle, & tout cede à l'Amour.
L'Hermitte enfin sort par une fenêtre,
Assis en l'air sur un grand farfadet;
Sa dextre main une corne tenait,
L'autre la queue, & le monstre planait.
L'on vit soudain la forêt disparaître,
Et le château du profane Enchanteur
Dans l'horizon s'éclipser en vapeur.
Il ne resta qu'un âne dans la plaine:
Cet âne-là l'on devine sans peine.
Amour sourit avec un air malin,
De ce triomphe, ouvrage de sa main.
Aux flancs de l'âne il ajuste ses aîles,
D'un bond léger lui saute sur le dos,
Et de sa voix caressant les échos,
Sornit s'éleve aux plaines éternelles.
Sauf le dessein, peut-être audacieux,
De dérober la foudre dans les cieux,
L'on applaudit à l'heureuse aventure,
Qui de l'Hermite a puni la luxure.
Mais cet amour, enfant capricieux,
Le plus petit & le plus grand des Dieux,

Pour l'intérêt d'une faible vengeance,
En arrachant aux fers un Paladin,
En prépara d'autres au genre humain,
Surcroît aux maux qui menacent la France.
Amour partit, & laissa dans les airs,
Et le tonnerre, & les fatales rênes,
Au gré du vent flottantes incertaines;
Mais les coursiers qui, frappés des éclairs,
Ne sentent plus de main qui les réprime,
Des cieux profonds escaladent la cîme;
Leur frein rougit d'une écume de feu,
Leur crin se dresse, ils s'agitent, hennissent,
Et par les airs, d'un pied fougueux bondissent:
Le char s'ébranle, & la foudre s'émeut;
Son roulement remplit au loin le vide,
Frappe le ciel, emporte les coursiers,
Qui, furieux, impétueux, légers,
Enflamment l'air dans leur course rapide.
Des Chevaliers qui regagnaient le camp,
Virent de loin ce spectacle frappant.
Chacun avait sa douce amie en croupe
Loyalement, & l'amoureuse troupe
Allait errant & par monts & par vaux,
Anes la nuit, & le jour des Héros.

Trois ils étaient, le Sire *de Narbonne*,
Guy de Bretagne, *Etienne de Péronne*;

Tous fort courtois & loyaux Paladins,
Cherchant par-tout les hautes aventures,
Couverts d'honneur, de fange, & de blessures;
Car nos aïeux, comme nous, étaient vains,
Braves, légers, & de la renommée,
D'un nez avide avalant la fumée :
Jusques au bout les Gaulois seront ains.
Le Chevalier *Etienne de Péronne*,
Avecque lui belle Dame menait,
Qu'à fétoyer les gens il obligeait,
Comme charmante & benoîte personne,
Qui des humains les autels méritait.
Cettuite dame, on l'appelait *Folie*;
Son œil était égaré, mais fripon.
Telle devrait se montrer la Raison;
Elle plairait par la supercherie,
Et ferait plus, par un coin de teton,
Qu'avec Socrate, & Jésus, & Platon.
Folie est sotte; oui, mais elle est jolie;
Elle suivait en croupe le Héros,
En secouant un essaim de grelots,
Dont la criarde & bruyante musique
Eût détraqué de stoïques cerveaux.
Sa robe était toute hiérogliphique;
On y voyait, en forme de plein chant,
Les œuvres, noms, & grotesques figures

Des plus grands fous du passé, du présent;
Et qui plus est, ceux des races futures.
Ici *César*, cet honnête brigand;
Là ce bandit, dont la rage infernale
Ensanglanta l'univers gémissant,
Et qui serait à mes yeux bien plus grand,
S'il n'eût jamais vaincu que *Bucéphale*;
Là ces fléaux que le Nord inhumain
Contre l'Europe a vomi de son sein;
Là *Louis IX*, ce fou bien plus bizarre,
Qui saintement sacrilége & barbare,
Sut déguiser, sous la cause du Ciel,
L'ambition de son cœur plein de fiel,
Et dans un temps chrétiennement stupide,
Fit honorer une main homicide,
En colorant, par des signes de croix,
Le noir penchant de son cœur discourtois.
Là *Charles-Quint*, au fond d'une cellule,
Dupe du ciel, l'imbécille caffar
Devait troquer le sceptre de César,
Et le laurier contre un froc ridicule;
Grand par sottise, & dévot par fierté.
Là *Henri II*, ladre de volupté,
Baisant *Diane* au déclin de sa vie,
Et caressant ses tetons de harpie.
Vous étiez là, pauvres fous, bien déçus,

Vieux Licophrons du Concile de Trente,
Cardinaux ronds, Moines, Prélats jouflus;
Le Saint-Efprit riait de votre attente,
Et de vous voir fottement abfolus,
Donner le ciel, & réformer Jéfus.
Là le profil de *Sixte le Cinquieme.*
On diftinguait, autour des falbalas,
Maints beaux efprits du fiecle dix-huitieme;
Piis était par hafard vers le bas;
Mais on ne peut le reconnaître à l'aife;
Car cet endroit de la robe qui pefe,
A balayé dans quelques chemins gras.
   Dame *Folie*, en ce bel équipage,
Depuis long-temps faifait route & voyage.
Avec le Sire elle avait parcouru
Pays lointains, & fon cul étendu
dans l'univers, fur-tout dans ma patrie,
Qui depuis onc ne s'en eft départie.
   Quand elle vit le char & les courfiers,
Elle quitta nos pénauds Chevaliers,
Et pour manteau leur laiffant fon génie,
Avec le char s'envola comme Elie.
Elle s'envole, &, nouveau Phaéton,
De l'univers détraque le timon.
Tous les pays où fon goût la dirige,
Perdent le fens; le fceptre des humains,

Ce sceptre d'or, travesti dans ses mains,
Seme par-tout un esprit de vertige.
Elle parcourt les rivages gaulois,
bords fortunés & soumis à ses lois.
Là de tout temps elle fut adorée,
Comme Phébus à Delphes autrefois,
Et le soleil, de la voûte éthérée
N'éclaire point, dans ce sol univers.
A son amour des rivages plus chers.

CHANT II.

ARGUMENT.

Comment Vitikin partit de ſon camp pour aller demander du ſecours aux Alains; funeſte péché du ſaint Archevêque Turpin.

L'ASTRE du jour, ſorti du ſein de l'onde,
Avait franchi les barrieres du monde.
Charles, ſuivi de ſes fiers eſcadrons,
Se mit en marche, & ſuivit les Saxons.
Une derniere & ſanglante défaite
Les avoit fait reculer vers le Rhin,
Non par frayeur, car ce peuple hautain
Avait encore *Vitikin* à ſa tête,
Et ne cédait qu'à l'effort du deſtin.
Vaincus toujours, & toujours invincibles,
Chaque revers les rendait plus terribles;
Ils renaiſſaient de leurs propres débris,

Et *Vitikin*, maître de leurs esprits,
Aux noms sacrés de dieux & de patrie,
Les enflammait du mépris de la vie.
Guerrier habile, & guerrier malheureux,
Ame & soutien de la cause commune,
Il maîtrisa quelquefois la fortune,
Et sa vertu lutta contre les Dieux.
Il conservait, au sein de la vieillesse,
Toute l'ardeur d'un jeune Paladin;
De sa vieillesse on ne connut enfin
Que les vertus, & jamais la faiblesse.
La renommée apprit à *Vitikin*
Qu'*Eratre-Hirem*, Prince du peuple Alain,
Etoit passé devers la Germanie,
Noyait la Saxe, & bloquait *Herminie*.
Cette cité, qui fleurissait alors,
A disparu; sur la terre tout passe.
Achille, Hector, Agamemnon sont morts,
Et de Carthage on ignore la place.
Nos ennemis balancerent long-temps
S'ils marcheroient contre *Hirem* ou les Francs.
De *Vitikin* la politique habile
Sut profiter même de ses revers.
Dans un conseil il assemble ses Pairs.
« Seigneurs, dit-il d'un air noble & tranquille,
» Le sort se plaît à nous persécuter;

» Mais en dépit de la fortune même,
» De quelque espoir j'ose encor me flatter.
» Que si les Dieux, par un arrêt suprême,
» Ont résolu la perte des Saxons,
» Soumettons-nous, mes amis, & mourons;
» Mais n'allons point nous abattre d'avance.
» Le Ciel est juste; il frappe les méchans;
» Nos ennemis ne sont que des brigands,
» Et notre espoir est dans notre innocence.
» Sans le savoir, peut-être les Alains
» Ne sont venus que pour notre défense.
» Ingénieux dans sa lente vengeance,
» Le Ciel, formant à son gré nos destins,
» Donne le change aux jugemens humains.
» Je vais aller, au danger de ma vie,
» Trouver *Hirem* dans les murs d'*Herminie*.
» S'il est hardi, je saurai l'enflammer
» Du noble espoir de venger nos outrages;
» S'il aime l'or, un brigand doit l'aimer,
» Il me suivra par l'espoir des ravages.
» Les justes Dieux sauront me protéger,
» Et si je meurs, vous saurez me venger ».
Le lendemain, dès que l'aube naissante
Eut éclairé la terre blanchissante,
Le Roi de Saxe attela ses coursiers,
Et prit au nord le chemin d'*Herminie*,

Avec

Avec un Page & quelques Chevaliers,
Les compagnons des travaux de ſa vie.
Le Roi laiſſa, pour gouverner le camp,
Sa brue *Hélene*, & ſon fils *Hydamant*.
« Tendres époux, eſpoir de ma vieilleſſe,
» Embraſſez-moi, leur dit-il en pleurant;
» Grand *Irminſul*, prète-leur ta ſageſſe,
» Et ſois leur pere, au lieu d'un pere abſent!
» Je vais aller trouver un peuple impie,
» Sans frein, ſans mœurs, ſans pays, & ſans lois.
» Je me dévoue aux Dieux, à la Patrie,
» Et ce n'eſt point pour la premiere fois!
» Depuis trente ans j'ai blanchi ſous les armes,
» Et mon viſage eſt ſillonné de larmes.
» Imitez-moi; ſi je viens à mourir,
» Jurez aux Francs une haîne invincible,
» Pourſuivez-les juſqu'au dernier ſoupir,
» Et répandez ſur ma tombe ſenſible,
» Au lieu de pleurs, le ſang des ennemis;
» Au lieu de fleurs, leurs armes en débris.
» Souvenez-vous que mon ombre indignée,
» Après ma mort, doit vivre parmi vous,
» Pour animer, pour diriger vos coups.
» Si vous cédez à la France étonnée,
» Tremblez, ingrats, tremblez; je vous attends,
» Et j'armerai ma rage de ſerpens,

» Pour vous punir du bonheur de la France ;
» Et de laisser *Vitikin* sans vengeance.
» Je pars, & laisse entre les Francs & nous,
» le Rhin, mon nom, les Dieux vengeurs & vous ».
  Le Roi de France & sa gauloise armée,
Ivres de sang, de gloire, & de fumée,
Devers le Rhin précipitaient leurs pas,
D'autant plus fous qu'ils ne s'en doutaient pas.
Pleins des vapeurs de leur sainte fortune,
Ils se flattaient de baptiser bientôt,
Et le Saxon, & le Maure, & le Got ;
Et cependant le Diable qui n'est sot,
Se flattait lui qu'il grossirait la lune
De leurs projets. Le Démon est madré,
Et quand il a par sa griffe juré,
Ce n'est en vain. « Faisons pécher la France,
» Dit *Satanas*, & nous verrons bientôt
» Le Ciel vengeur abandonner *Charlot*.
» Le bon Adam, de mémoire gloutonne,
» Pour un péché, damna le genre humain ;
» Le Juif David perdit jadis un trône,
» Pour un baiser que sa bouche felonne
» avait cueilli sur un teton payen ».
  Las ! il s'y prit d'assez gente maniere.
L'armée arrive auprès d'une riviere,
Et l'on allait s'élancer dans les flots,

Quand tout à coup une force inconnue
Fit frissonner la surface des eaux,
Et tous les cœurs de l'armée éperdue.
Au même instant, d'un tourbillon léger,
Qui vint au bord en cercles expirer,
L'on vit sortir une Nymphe gentille;
Son char était en forme de coquille;
Essaims d'Amours à l'entour voltigeaient;
Ses beaux cheveux au gré de l'air flottaient,
Et des pigeons doucement la traînaient:
Ses yeux en pleurs parcoururent la rive.
« Hélas! dit-elle, & d'une voix plaintive,
» Que n'avez-vous choisi quelque autre bord,
» Cœurs inhumains, pour voler à la mort,
» Sans effrayer mes rivages paisibles
» Par l'appareil de ces armes terribles,
» Et préparer à mon cœur innocent
» L'affreux remords du sort qui vous attend!
» Où courez-vous, insensés que vous êtes?
» A des combats, des lauriers, des conquêtes?
» Le temps a-t-il si peu de prix pour vous,
» Que de la mort vous soyez si jaloux?
» Quand le printemps échauffe la nature,
» Quand tout respire & tout chante l'amour,
» Vous désertez vos châteaux & la Cour,

» Pour vous charger d'une cuirasse dure,
» Chercher l'honneur quand le plaisir sourit,
» Chercher la mort alors que tout revit!
» Et toi, cruel, dont la rage implacable
» Aime à traîner au milieu des combats
» ton peuple doux, & né pour être aimable,
» De tes fureurs n'es-tu point encore las?
» Est-ce trop peu pour ta noire furie
» D'avoir de sang inondé l'Italie?
» Est-ce par-là, monstre, que tu soutien
» Le nom de grand & celui de chrétien?
» Que t'avaient fait ces lointaines contrées,
» Par tes fureurs à la flamme livrées?
» Que t'avaient fait ces enfans, ces vieillards?
» Leur crime donc étoit d'être Lombards!
» Le tien, barbare, est d'être sanguinaire,
» Et pour le ciel de saccager la terre.
» Jeunes Guerriers, sensibles à ma voix,
» Ne courez point à ces lâches exploits;
» Le temps, cette ombre & légere & frivole,
» Trop tôt, hélas! & nous quitte & s'envole!
» Ces vains lauriers, dont le renom trompeur
» paye le sang que l'on vend à l'honneur,
» Que valent-ils, après tout, sans la vie?
» Et que sert-il à l'homme qui n'est plus,
» D'avoir été fameux par des vertus?

» Le héros dort sous sa tombe flétrie,
» Et les amours viennent danser dessus !
» Si la fureur tellement vous anime,
» Que tous vos cœurs à ma voix soient fermés,
» Partez, volez, combattez & mourez :
» Mais de vos maux épargnez-moi le crime ;
» Et sans troubler & déchirer mon sein,
» Allez mourir par un autre chemin ».
Vous avez vu quelque belle affligée
Entre la crainte & l'espoir partagée,
Mouiller de pleurs ou la gaze ou le lin,
Qui rougit, s'enfle, & s'empreint sur son sein ;
Lever au ciel une vue attendrie,
Et proférer avec un air plaintif
Les noms d'amour, d'honneur, de perfidie.
A ce délire, enfant d'un amour vif,
Bientôt succede un air morne & pensif,
Et tour à tour elle passe de même
De cette paix à ce délire extrême.
Telle parut la Nymphe sur les eaux,
Lorsque sa bouche eut prononcé ces mots.
Brulés d'amour, les yeux baignés de larmes ;
Les Paladins laissaient tomber leurs armes.
Charles le voit, & piquant son coursier,
Dans la riviere il saute le premier.
L'armée eut honte alors de sa faiblesse ;

On court, on vole, on le fuit, on fe preffe,
Et notre Nymphe, en jetant des fanglots,
Fut fe cacher & pleurer fous les flots.

Ce trait fans doute était fort honorable;
Mais, mes amis, foyons de bonne foi;
Le trifte honneur de triompher de foi
Vaut-il encore une faibleffe aimable?
Le Diable en l'air, fur un rayon perché,
A vu s'enfuir fa coupable efpérance,
Avec *Charlot*, la *Nymphe* & le *Péché*.
Parmi la fleur des pénaillons de France,
Nul ne trébuche, & le courroux d'en haut
Fut allumé; par qui? par un dévot.
Or vous faurez qu'il était dans l'armée
Certain Prélat tout bouffi de vertus,
Mufqué de grace, & fourré d'orémus,
Nommé *Turpin*, de mémoire embaumée.
La Belle en pleurs quand le faint homme vit,
En fe fignant, fon cou tors il tendit,
Et fe tapit chaftement fous des faules.

Moi j'aurais cru que fi l'Efprit malin,
Par un péché pouvait perdre les Gaules,
C'aurait été quelque fier Paladin
Qui l'eût commis. L'*Archevêque* en priere,
Jufqu'à la nuit refta fous la bruyere;
Et dès que l'ombre obfcurcit le lointain,

Les yeux baiſſés, il deſcend au rivage,
Et l'Eſprit ſaint lui dicte ce langage,
Qu'il prononça d'un air tendre & benin.
« Quitte le fond de ta grotte, ô ma brune,
» Ouaille pie, & dans mes bras bénis,
» Viens oublier tes peines & ſoucis;
» Point n'ai trempé dans l'injure commune,
» Bien tu le vois; Dieu me perde à tes yeux,
» Plutôt que faire ainſi qu'ils ont fait, eux ».
Du haut du Ciel alors le bon *Saint-Pierre*
Avait baiſſé ſes yeux creux ſur la terre;
Du ſaint Evêque il était le patron;
Il le couvait de ſon regard paterne,
Et lui prêtait quelquefois ſa raiſon,
Pour lui ſervir ici bas de lanterne.
Las! il partit du ſéjour éternel,
Pour lui ſauver ce doux péché mortel.
Le bon Apôtre en ſa main, comme un cierge,
Tient en volant ſa luiſante flamberge,
Et de ſon corps l'éclat éblouiſſant
Trace dans l'air un ſillon ondoyant.
Il approchait du monde ſublunaire,
Quand tout à coup une voix de tonnerre,
De certain *B.* fit retentir les airs.
Pierre ſe tourne, & voit l'Eſprit pervers:
Il eſt glacé d'une peur effroyable,

Mais se rassure & s'avance. Le *Diable*
lui dit : « *Pierrot*, je t'attendais ici.
» *Fils de P.* je te cherchais aussi,
» Lui riposta le Saint d'une voix ferme.
» C'est aujourd'hui que nous allons vider
» Nos vieux débats ; Dieu met ici le terme
» A ton audace, & va me seconder ».
Parlant ainsi d'une voix nazillarde,
Le *Saint* tremblant poignit sa hallebarde ;
L'*Ange cornu*, dressant son noir griffon,
Se précipite, & le combat s'engage.
O Dieu de paix, vous le permîtes donc !
Pierre, aveuglé par sa chrétienne rage,
souille ses mains sur le cuir d'un Démon.
Muse, redis cette fatale noise.
Entre leurs mains l'acier brille & se croise,
Et les combats du Grec & du Troyen,
Et de *Tancrede*, & du fier Circassien,
Si redoutable autrefois dans Solime,
N'approchent point de la savante escrime,
Acharnement, fureur, vivacité
Dont combattait notre couple irrité.
Mathieu Paris, homme à cervelle anglaise,
De qui je tiens ceci, par parenthese,
Dit là-dessus, c'était assez leur lot ;
L'un était diable, & l'autre était dévot.

Par un détour, *Satan*, avec sa queue,
Au nez du *Saint* laisse la place bleue.
L'Anglais *Mathieu*, qui rapporte ce trait,
Aurait bien dû nous dire à ce sujet
Comment l'esprit peut être susceptible
De recevoir quelque empreinte sensible.
Néant de l'homme; on peut être Breton,
Et n'avoir pas pourtant toujours raison.

Très-prudemment *Saint-Pierre* crie à l'aide;
Un Ange vient. *Satan* appelle à lui;
Arrive alors un Diable quadrupede,
vomissant flamme, enfumé, velu, cui.
Ses hurlemens font retentir l'espace;
Sur les deux Saints il fond avec audace,
Les met en fuite: ils appellent encor.
Un bataillon arrive pour renfort.
Tout l'Enfer vient, le Ciel se multiplie,
Et l'intérêt d'un combat singulier
Cause bientôt un horrible incendie.
L'on voit par-tout luire l'affreux acier;
De tous côtés les bataillons chancelent,
Et tous les yeux du fureur étincelent.

Lorsque l'*hiver*, en son char nébuleux,
S'est élancé des sommets de la Thrace,
Et couronné de frimas & de glace,
Souffle la mort dans nos champs orageux,

Les bois déserts jauniffent les rivages
De moins d'essaims de leurs triftes feuillages,
Qu'on ne voyait de cimeterres nus,
De chars de feu roulans sur les nuages,
De bataillons fierement étendus,
De braquemarts, de boucliers, de casques,
Et de Démons sous des formes fantasques.
Là, l'on voyait de petits Anges blonds,
Aux aîles d'or, aux yeux bleus, aux culs ronds,
L'arc à la main, comme l'enfant de Gnide,
Sur des rayons voltiger par le vide.
Ici volaient de brillans Chérubins,
Environnés de défuntes nonnains.
Là des Prélats, tous chamarrés d'étoles,
Vêtus de rouge & coiffés d'auréoles,
Brillaient encor de ce coloris vif,
Dont ici bas l'auftere pénitence,
Les oraisons, l'amour contemplatif
Enluminaient leur dévote éminence.
Mais d'autre part les guerriers infernaux
Offraient à l'œil un spectacle effroyable;
Là d'un dragon la croupe épouvantable,
En cent replis recourbe ses anneaux,
Là des géans à tête de cyclope,
Là dans les airs un Centaure galope:
L'un est chameau, l'autre vautour, & bref,

Un autre Moine, oreille d'âne au chef.
Au même instant où les troupes grossirent,
Le *doux Apôtre* & le *Roi* des Maudits
Avaient laissé leur combat indécis;
Les escadrons à leur voix s'arrondirent.
Tout orgueilleux de soumettre l'Enfer.
Pierre, animé, grimpe sur un éclair;
Devant ses pas marche la Renommée,
Trompe à la bouche, une oreille à la main,
Emblême fiere des prouesses du Saint.
Pierre se signe, & bénit son armée.
Le *Satanas*, sur un dragon de feu,
Volait en l'air, & sa bouche enflammée
Tint ce discours: « Fiers ennemis de Dieu,
» Voici le Ciel, autrefois votre place;
» De mon forfait je n'ai point de remord;
» Par un nouveau, couronnons notre audace,
» Et vengeons-nous de l'injure du sort.
» Il l'a voulu; par un coup de tonnerre
» Précipités du séjour de lumiere,
» Le noir Ténare, en ses flancs odieux,
» Servit d'asile à l'élite des Dieux.
» J'ai tout perdu, ma dignité suprême,
Mon sceptre d'or, & ce trône immortel
» Qui dominait les Puissances du Ciel;
» Mais, malgré tout, je suis encore moi-même.

» Indépendant des arrêts du Destin,
» J'étais un Dieu, je le serai sans fin,
» Et les sillons de la foudre éclatante,
» Et les tourmens de la *Gehene* ardente,
» Ne peuvent point arracher à mon cœur
» Ni repentir, ni l'aveu d'un vainqueur.
» Je fus jadis, dans l'Olimpe céleste,
» Le Dieu du bien; le mal & la fierté
» Sont mon essence & ma divinité.
» J'ai tout perdu, mon courage me reste
» Pour triompher ici de nos rivaux,
» Ou pour braver des supplices nouveaux ».
Qu'on se figure Amphitrite immobile,
Roulant ses plis d'une haleine tranquille,
Les Alcyons promenans leurs berceaux,
& les Tritons se jouant sur les eaux;
Puis tout à coup les cieux qui s'obscurcissent,
La mer en feu, les nochers qui pâlissent,
Et les éclairs, & la foudre, & le vent,
Qui méconnaît l'empire du Trident.
Ainsi l'on voit les Guerriers qui s'avancent,
Avec le bruit des clairons belliqueux,
Réglant leur pas fier & majestueux;
Mais tout à coup au signal ils s'élancent:
Leur choc affreux fit retentir le ciel;
Des chars de feu les débris voltigerent,

Et

Et des éclairs de l'acier immortel
De tous côtés les nuages brillerent.
Au même inſtant, les damnés, les élus,
Diables & Saints ſe virent confondus.
Les eſcadrons ſe choquent, ſe diſperſent,
Sur les courſiers les courſiers ſe renverſent.
  Avant que *Dieu*, de ſon ſouffle puiſſant,
Eût débrouillé l'Empire du néant,
Des élémens la guerre épouvantable,
Et leurs combats & leurs rebellions.
N'expriment point le déſordre effroyable
Que *Mars* ſouffloit parmi les bataillons.
  On ſe pourfend, on s'écraſe, on ſe perce;
On jure, on crie, on s'avance, l'on fuit;
On ſe meſure, on court, on ſe pourſuit,
Comme les flots que le vent bouleverſe.
Egale rage, égal acharnement,
Le ſabre en main, là marche *Foutriquant*,
Tout devant lui fuit comme la pouſſiere;
Les Saintes, non; car ce Diable paillard
Eſt chamarré, pardevant & derriere,
De ces hochets qu'*Héloïſe* trop tard
Redemandait à ſon cher *Abailard*.
De plus en plus redouble le carnage;
L'on ſe bleſſait, mais l'on ne mourait pas.
  Sur l'arc-en-ciel, entouré d'un nuage,

En se signant, Jésus disait : Hélas !
Pourrai-je voir une telle furie ?
Non. A ces mots, il appelle les vents,
Trouble les airs, fait gronder les Autans,
Et d'eau bénite il répand une pluie.
Il fallait voir tous les Diables rôtis
Prendre la fuite en jetant de grands cris.
Moins promptement les vents soumis se turent,
Quand *Neptunus*, armé de son trident,
Leva le front sur l'humide élément.
En un instant les Diables disparurent.
Sur son éclair, *Pierrot* les poursuivait,
Tout agité d'une fureur tranquille,
Criant du ton que jadis il prêchait :
« Où courez-vous, troupe vaine & servile ?
» Lâches, allez dans l'éternelle nuit
» Cacher au Ciel l'opprobre qui vous suit.
» Quelle terreur glace votre courage ?
» L'eau vous fait peur ! Ah ! je croirais bien plus
» Que vous craignez le destin de *Malcus* » !
Le Saint, du geste appuyant ce langage,
Contre un essaim des profanes Esprits
Laisse échapper la clef du Paradis ;
De cette clef des Diables s'emparerent,
Et dans le Ciel bientôt se renfermerent.

CHANT III.

ARGUMENT.

Comment l'Archevêque Ebbo *devint le* Calchas *de l'armée : ſuite du péché du ſaint Archevêque* Turpin.

Je veux bâtir une belle chimere ;
Cela m'amuſe & remplit mon loiſir.
Pour un moment, je ſuis Roi de la terre ;
Tremble, méchant, ton bonheur va finir.
Humbles vertus, approchez de mon trône ;
Le front levé, marchez auprès de moi ;
Faible orphelin, partage ma couronne....
Mais, à ce mot, mon erreur m'abandonne ;
L'orphelin pleure : ah ! je ne ſuis pas Roi !
Si je l'étais, tout changerait de face ;
Du riche altier qui foule l'indigent,
Ma main peſante affaiſſerait l'audace,
Terraſſerait le coupable inſolent,
Eleverait le timide innocent,

Et peserait, dans sa balance égale,
Obscurité, grandeur, pauvreté, rang.
Pour annoncer la majesté royale,
Je ne voudrais ni gardes, ni faisceaux.
Que *Marius* annonce la présence
Par la terreur & la clef des tombeaux ;
Je marcherais sans haches, sans défense,
Suivi de cœurs, & non pas de bourreaux.
Si mes voisins me déclaraient la guerre,
J'irais leur dire : « Ecoutez, bonnes gens ;
» N'avez-vous point des femmes, des enfans ?
» Au lieu d'aller ensanglanter la terre,
» Allez vous rendre à leurs embrassemens ;
» Quittez ce fer & ces armes terribles,
» Et comme nous, allez vivre paisibles ».
Mon peuple heureux, mais heureux dans ses ports,
Sans profaner, aux rives étrangeres,
Sa cendre due aux cendres de ses peres,
S'enrichirait de ses propres trésors,
Et fleurirait à l'ombre respectable
Des vieilles lois de nos sages aïeux,
Arbres sacrés, recours des malheureux,
Sans que jamais mon sceptre audacieux
Osât flétrir leur mousse vénérable.
Je laisserais le *Turc* & le *Huron*
Se faire un Dieu chacun à leur façon,

Bien pénétré du ſublime ſyſtême
Que Dieu n'eſt rien que la ſageſſe même,
Et que l'honneur, la vertu, la raiſon,
Bien avant nous, dans *Emile* & *Caton*,
Valaient leur prix, ſans le ſceau du baptême.
Si *Charlemagne* eût comme moi penſé,
Il aurait eu maints déplaiſirs de reſte.
Devers le Rhin il s'était avancé,
toujours armé pour la cauſe céleſte.
Enflé déjà de ſes exploits nouveaux,
Il s'apprêtait à traverſer les flots;
Mais de revers une invincible nue
Le menaçait: la ſource en eſt connue.
L'Evêque *Ebbo*, qui liſait couramment,
Etait alors un prodige étonnant.
Dieu, par ſon baume, avait fait des miracles,
Et par ſa bouche annonçait ſes oracles.
Plein de mépris pour les terreſtres biens,
Il vint s'aſſeoir ſur le ſiége de Reims;
Il quitta tout pour Jéſus & Marie,
Sa pauvreté, ſes haillons, ſa patrie,
Mais conſerva, dans un dévot éclat,
L'air ſimple & ſot de ſon premier état.
Pendant la nuit, il ronflait dans ſa tente,
Seul par haſard; un grand bruit l'éveilla:
Il voit, au ſein d'une nue éclatante,

Un *Ange* assis, qui d'abord l'appela.
Ebbo troublé, d'une voix chancelante
Lui répondit : « *Gloire soit au Seigneur,*
» *Qui vient trouver son humble serviteur* ».
Le Messager du Maître du tonnerre,
D'un saut léger ayant mis pied à terre,
Vers le châlit s'est avancé soudain,
Une écritoire & la plume à la main.
Ses doigts bénis levent la couverture.
Le Saint Prélat, immobile de peur,
Le laisse faire, obéit sans murmure,
Disant, *soit fait comme veut le Seigneur.*
L'Ange, troussant les fesses étonnées,
En chiffres noirs y mit nos destinées,
Et dit ensuite au Prélat plein d'effroi :
« Demain matin allez trouver le Roi,
» Dieu vous l'ordonne, & vous lui ferez lire
» Ce que le Ciel, par ma main, vient d'écrire » ;
Puis il partit. D'un regard de profil
Le *Prélat saint* lorgnait l'Ange gentil,
Et quelquefois disait, d'un air moroze :
« Ah ! j'ai bien crû qu'il voulait autre chose !
  Le lendemain, *Ebbo* tout radieux,
Fut chez le Roi d'un air mystérieux.
« Lisez, Seigneur ». Le *Sire* vénérable
Baisse le nez sur la nouvelle table,

Et lit ces mots : « *Malheur au peuple franc*,
» *Tant que* Turpin *péchera loin du camp* ».
Charles, saisi d'une mortelle crainte,
Tombe le nez sur la tablette sainte.
Ebbo s'éloigne, & fait voir en tout lieu,
Parmi le camp, qu'il est l'ami de Dieu.
Selon l'usage antique & respectable,
On fit venir mille Sorciers dans l'ost,
Et des Docteurs qui ne l'étaient pas trop.
Ces bonnes gens évoquerent le Diable ;
Mais vainement ; & vous savez, je crois,
Pourquoi le Diable était sourd à leur voix.
Charlot avait, pour chef de sa bombance,
Un vieux Vandale, appelé *Jean Marcel*,
Sage bonhomme, & lourdaud plein de sel,
Inquisiteur des sottises de France,
Ne gazant rien, bravant même les Grands ;
Il amusait le Prince à leurs dépens.
Riant de tout, déconcertant l'adresse
Des Courtisans, & glosant leur bassesse ;
De sa cuisine & du sceptre occupé,
Bernant le Roi, quand on l'avait trompé,
N'espérant rien, ne demandant pour grace,
Que de trancher ses mots avec audace.
Dans le néant de son chétif emploi,
Il bravait tout, & la Cour, & le Roi ;

Il écartait les insectes du trône.
Charles lui dut souvent un bon avis,
Et ce manant, nous dit *Mathieu Paris*,
Etait peut-être, en ces âges maudits,
Digne lui seul du poids de la couronne.

Son avis fut, en voyant nos Docteurs,
Nos Négromans, tartuffes imposteurs,
Qu'il les fallait écorcher vif ou pendre;
Et les bernant, il les força de prendre
La fuite au loin, pour prix de leurs labeurs.

Maint Chevalier vint briguer l'avantage
De s'enquérir du *Saint Palladion;*
Marcel, disait : Où pêche le felon?

Antoine Organt, fils du saint personnage,
Se mit en quête, & courut maint rivage,
Accompagné de son Ange gardien.
Cet Esprit pur, sans doute Esprit de bien,
Le protégea dans ses longues prouesses,
Et le soutint dans ses jeunes faiblesses,
En lui prêchant les devoirs du Chrétien,
Et lui montrant les palmes éternelles
Que Dieu réserve à ses amis fideles.
Le mauvais grain & les ronces charnelles
Germerent mieux dans le cœur du vaurien!

Antoine Organt avait vu la prairie
Vingt fois déserte & vingt fois refleurie.

Vingt ans enfin s'étaient passés depuis
Que l'*Archevêque*, animé d'un saint zele,
Vint élever son ame au Paradis
Entre les bras de la Nonnette *Engelle*.
Le sang *Turpin* dans ses veines bouillait,
Les yeux brillans de sa mere il avait;
Mais c'était tout : car sa figure haute
N'annonçait point le fils d'une dévote.
Jà le contour de son jeune menton
Etait brûni par un léger coton;
Avec vigueur il maniait la lance.
Pour gouverneur il n'eut que des soldats;
Chasses, tournois & joûtes, dès l'enfance,
Avaient durci ses membres délicats.
Au demeurant, c'était des hérétiques
Le plus affreux, se moquant des reliques,
Bernant les Saints, quelquefois le Seigneur,
Qui cependant l'aimait de tout son cœur.
D'ailleurs il eut un Ecuyer profane,
Grand indévot, grand Epicurien,
Ne connaissant de Dieu que la tocane;
Qui lui prouva que le mal était bien,
Le corrompit, & n'en fit qu'un vaurien,
Malgré la grace, & son Ange gardien.
Ayant donc pris congé de *Charlemagne*,
En l'embrassant, il se mit en campagne,

Pour toute ſuite ayant cet écuyer,
L'*Ange gardien*, & *George* l'Aumônier.
Organt trottait ſur un cheval d'Eſpagne,
Impétueux, ardent à batailler.
Meſſire *George*, avec un air altier,
Et l'écuyer, qu'on nommait *Jean Champagne*,
Sur des rouſſins à l'envi cheminaient,
Qui, fiers du poids, les oreilles dreſſaient,
Et la pouſſiere autour d'eux amaſſaient.
Organt battit plaines, forêts, collines;
Le nom *Turpin* s'entendit en tous lieux,
Le nom *Turpin* retentit juſqu'aux cieux.
Il chemina vers les cités voiſines.
Après cela, que faire ne ſachant,
Il s'en revint devers cette riviere
dont j'ai parlé, quelque ſoupçon ayant
Qu'il aurait pu s'y noyer en paſſant.
Mais s'il péchait, il vivait cependant;
Un mille ou deux il ſuivit le courant,
Cherchant parmi les aulnes, la bruyere,
Et d'*oncle* point. Il ſonna de ſon cor,
Pour appeler cette *Nymphe* perfide,
Qui, plus cruelle & plus aimable encor,
Parut bientôt ſur la plaine liquide,
Avec un air craintif, mais ſéduiſant,
Et ſes beaux yeux de ſon voile couvrant.

« Cruels, eh quoi ! dit-elle en soupirant,
» N'êtes-vous point contens d'un seul outrage ?
» Vos cœurs sont-ils à la pitié si sourds,
» Qu'ils aient juré de m'affliger toujours ?
» Si vous avez ce barbare courage,
» Cherchez ailleurs quelque ennemi sauvage,
» Digne de vous, & qui puisse opposer
» A vos fureurs, à vos farouches armes,
» D'autres combats que de timides larmes,
» Que des soupirs qui ne peuvent percer,
» Ni votre cœur, ni ce dur bouclier.
» Ce tendre sein, que vous pouvez frapper,
» Renferme un cœur moins cruel que sensible;
» Ce faible bras n'est rien moins que terrible.
» Armé du fer, l'avez-vous vu jamais
» Porter la mort & l'effroi sur vos rives ?
» Percer le cœur de vos dames plaintives,
» & renverser vos superbes palais ?
» Non. Pourquoi donc, pourquoi, monstres sauvages,
» Désolez-vous nos innocens rivages ?
» Mais à quoi bon ces frivoles clameurs ?
» Pourquoi me plaindre, & que servent ces pleurs ?
» Tigres, vos cœurs, fermés à la tendresse,
» Dédaignent trop mon sexe & ma faiblesse » !
Un tel discours était accompagné
D'un air si tendre & si passionné,

Que les rochers à l'entour s'amollirent,
Et que les eaux leur course suspendirent.
Mais ces soupirs, ces larmes, ces sanglots
Avaient pour but la perte du Héros.
Ciel ! se peut-il qu'une figure aimable
Puisse voiler un cœur abominable !
Organt repart : « Ma Princesse aurait tort
De me prêter telle décourtoisie ;
Belle jamais ne vis en ennemie,
Mieux aimerais la plus cruelle mort.
Je ne viens point vous déclarer la guerre,
Et Dieu le sait quels genres de combats,
Si le vouliez, vous livreraient ces bras.
N'a pas long-temps, près de cette riviere,
S'est égaré l'*Archevêque Turpin*.
Pardonnez-moi ma démarche indiscrete ;
Je ne sais rien de son nouveau destin ;
De tous côtés je me suis mis en quête
Pour le treuver, & me feriez plaisir,
Sur ce malheur, si pouviez m'éclaircir ».
Elle sourit, & de cet air aimable,
Cet air touchant, cet air inexprimable,
Mêlé de joie & mêlé de langueur,
Qui désignait amour, désirs, frayeur ;
Il s'échappait encore quelques larmes,
Qui du sourire embellissaient les charmes.

Lorsque l'aurore annonce un beau matin,
Après le deuil d'un passager orage,
Et que Zéphyr, de son souffle badin
Semble chasser la foudre du rivage,
A l'Orient tel on voit le soleil
Voiler son front d'un nuage vermeil.
La nuit s'envole, & la clarté naissante
Rend la Nature encore plus piquante.
En folâtrant, Zéphyre sur les fleurs,
Du Ciel calmé vient balancer les pleurs.
Vous entendez la fauvette au bocage,
Qui tremble encore, & pourtant qui ramage,
Et vous voyez aux tortueux buissons
Pendre la pluie en perles, en festons.
« Guerrier, l'honneur de la Chevalerie,
» Dit notre *Nymphe* au jeune Paladin;
» Oui, je l'ai vu l'*Archevêque Turpin*;
» Mais je ne sais s'il n'a perdu la vie:
» Seul il était sur la rive resté;
» Un Enchanteur, qui fondait de la nue,
» Parmi les airs l'a soudain emporté,
» Et sur le champ je l'ai perdu de vue.
» Mais je vous puis enseigner le moyen
» De le trouver, & vous ferai connaître
» Sa destinée, ainsi qu'elle puisse être,
» Si me suivez en ce lieu souterrain.

Le fleuve était immobile & paiſible ;
Nos Paladins s'élancent dans les eaux :
Bref il séleve un ouragan terrible,
Qui jusqu'au ciel a fait voler les flots.
Le temps ſe couvre, un effroyable orage
Se forme, brille, éclate dans les airs,
Et de ſes feux ſillonne le rivage.
Tous les Démons ſortirent des enfers,
De cris affreux les plages ils remplirent,
Et les échos à l'entour répondirent.
Nos *ſpadaſſins*, qui ne s'attendaient pas
A ce malheur & cette perfidie,
Aſſurément devaient perdre la vie,
Ne virent onc de ſi près le trépas.
Aucunes fois ſous l'onde ils diſparurent,
Aucunes fois abîmés ils ſe crurent.
Heureuſement le brave Chevalier
Avait ſon Ange, & ſur-tout ſon courſier.
George mâcha quelque priere impie ;
Car il était expert dans la magie.
Sur ſon baudet, *Champagne* dextrement
Criant alerte, allons boire, courage !
Saiſit la queue à l'Eſpagnol d'*Organt*,
Serra ſa bête, & gagna le rivage,
Près de périr, & toujours en chantant.
A l'autre bord quand tous trois ils ſe virent,

De très-bon cœur complimens ils se firent.
C'en était bien la peine de pardieu.
George pourtant avait l'ame marrie.
J'ai bu de l'eau, disait-il, moi ; corbleu,
Moi qui croyais n'en boire de ma vie !
George pensait mourir empoisonné,
Antoine Organt jurait comme un damné ;
En piteux cas c'était là son usage.
Pour l'Ecuyer, il était bien plus sage ;
Car il riait. « Quand le mal est passé,
» Riez, dit-il ; l'heureux ingrat qui pleure,
» Si le Destin l'eût occis tout-à-l'heure,
» De par *Saint-Jean*, serait bien avancé ».
L'Aumônier dur, sous sa masse profane,
Vit au rivage expirer son cher âne,
Cet âne preux, cet illustre grison,
De ses travaux vigoureux compagnon.
Heureusement dans la plaine émaillée
Paraît un âne, & s'affourchant dessus,
George riait de celui qui n'est plus.
La vertu morte est bientôt oubliée (1).

(1) Œdipe de Voltaire.

CHANT IV.

ARGUMENT.

Ce que devinrent les Démons, ce que devint Sornit; *Conſeil tenu par* Charlemagne, *Conſeil tenu par* Hydamant & Hélene.

MON cher Lecteur, il convient de vous dire
Ce qui ſe paſſe au lumineux Empire.
Le peuple ſaint, chaſſé du Paradis,
Preſſait l'attaque au céleſte parvis,
Et l'Eternel, qui n'a plus de tonnerre,
Depuis qu'Amour l'emporta ſur la terre,
Criait de loin, à l'Ange *Ithuriel*:
« Dreſſe ton vol, monte ſur l'arc-en-ciel;
» Va me chercher, au pays des orages,
» D'autres courſiers, un char & des éclairs,
» Des ouragans, des pétards, des nuages,
» Et des carreaux pour griller ces pervers ».
Ithuriel, à ces mots, fend les airs,

La lance au poing, le casque sur la tête,
Et vole droit devers une planete,
Séjour d'effroi, séjour de la tempête.
Là, sous des monts l'un sur l'autre entassés,
S'étend au loin une horrible caverne,
Noire, profonde, & pareille à l'Averne;
D'affreux rochers tous les champs hérissés,
Semblent aux yeux le débris effroyable,
L'éboulement des mondes renversés;
Du ciel ingrat quelques rayons brisés,
En un jour faible, obscur, épouvantable,
Semblent venir expirer de terreur
Dans ce séjour de tristesse & d'horreur.
Dans leurs cachots les aquilons mugissent,
Et les rochers de leur bruit retentissent.
Ithuriel fit entendre sa voix,
Les vents mutins se turent à la fois:
A son aspect les rochers tressaillirent;
Les flancs du mont sous sa lance s'ouvrirent.
Bref, il en tire un grand chariot d'airain,
Environné de gerbes fulminantes,
Tout constellé des maux du genre humain.
Il attela quatre jumens fringantes,
Quatre étalons orgueilleux, bondissans,
Nés de la foudre, impétueux, ruans,
Et dont l'humeur, que Dieu voulut charnelle,

Les allumait d'une fougue éternelle.
Impatiens de prendre leur eſſor,
Ils henniſſaient en ſecouant la tête ;
Ils ſe cabraient en rongeant un frein d'or.
Ithuriel enchaîna la tempête
Autour du char, y poſa des carreaux,
Et des éclairs enfermés dans des pots ;
Il entoura le char d'un gros nuage,
Et de ſa voix fit voler l'attelage.
Le Ciel était dans un chaos affreux ;
Le ſaint parquet, aſpergé d'eau bénite,
Brûlait aux pieds la canaille maudite.
Ils bondiſſaient comme des furieux,
Buvaient la *grace*, & trinquaient l'*ambroiſie*,
Saintes liqueurs pour le palais des Dieux,
Qui des Démons brûlait la gueule impie.
Quelques-uns d'eux pour la fuite opinaient,
Les plus hardis au combat s'acharnaient,
Et pour ſervir leur brutale furie,
Lançaient aux Saints les coupes de la vie.
Voires agnus que les nonnes pleuraient.
Ah ! voilà donc ce qu'entraîne après elle
D'un ſot orgueil l'ivreſſe criminelle !
Saint Pierre, hélas ! n'eût-il pas mieux valu
De mon Prélat ſecourir la vertu ?
Ciel ! que de ſang lavera ſa faibleſſe !

L'injure faite au cocu Ménélas,
Coûta moins cher aux bandits de la Grece.
Que de Héros menace le trépas!
Que de Beautés, dans les cités de France
S'en vont pleurer une éternelle absence!
Ne pleurez point, & faites des soldats!
  On entendait de loin dans l'atmosphere
Ithuriel amenant le tonnerre.
Le *Satanas*, faisant réflexion
Qu'il lui faudrait, malgré lui, tout à l'heure
Evacuer la céleste *Sion*,
Et qu'au surplus cette haute demeure
S'accordait mal avec le grand dessein
De perdre *Charle* & de cacher *Turpin*,
Abandonna sa coupable entreprise,
En emportant la clef du Paradis,
Que le Malin, par finesse depuis,
Mit à l'encan, & vendit à l'Eglise.
  Icelle mit à l'Olympe un Portier,
Lequel Portier sa peine fit payer.
Il repoussa durement de l'entrée
Toute vertu qui n'était point dorée.
On acheta par pieds cubes le Ciel;
L'or remplaça la grace sur l'autel;
On acheta, l'on vendit les miracles,
Et l'avarice inspira des oracles.
Le Dieu d'amour, le Dieu de pauvreté,

Au poids de l'or vendit la charité :
Il s'enrichit, & la chevre *Amalthéa*
Vint habiter l'étable de Judée.
Heureux encore, on nous laissa le bien,
Et de pécher, & nous damner pour rien !
Laissons l'Eglise, & le Ciel, & le Diable
Pour quelque temps ; car je crains d'ennuyer
Mon cher Lecteur, & je veux l'égayer
Par quelque objet moins grand, mais plus aimable.
Amour, perché sur le tendre *Sornit*,
Comme *Piis* sur un baudet du Pinde,
Sans aventure arrive avant la nuit,
Dans le désert où dormait *Adelinde*.
Ce ne sont plus ces rochers sourcilleux
Qui menaçaient les Enfers & les Cieux,
Ces champs brûlés où mourait l'espérance,
Et tout remplis d'un farouche silence :
Une autre fois vous apprendrez comment
Un merveilleux & rare enchantement,
De ce désert effroyable & sauvage
Fit tout à coup un riant paysage.
Mille bosquets s'élevent dans les champs,
La terre prend une face nouvelle ;
Là des oiseaux par les airs gazouillans,
Là des ruisseaux où Phébus étincelle :
L'on voit flotter sur la tête des monts,

Des ormeaux verts où paissent des moutons.
L'ame s'éleve, une illusion tendre
Peuple ces bois de Nymphes, de Sylvains,
D'une Driade elle anime les pins.
Le cœur écoute, & le cœur croit entendre
Les chalumeaux, les haut-bois des pasteurs,
Et des amans les naïves langueurs.
Là Philomele, en pleurant, se soulage.
Un beau palais domine le rivage;
Son faîte altier s'éleve dans les cieux,
Et de rubis chaque pierre incrustée
Dans l'onde au loin va répéter ses feux.
Linde dormait; à cette Isle enchantée
Il ne manquait que l'éclat de ses yeux.
Sornit d'abord, oubliant qu'il est *âne*,
Porte à sa bouche une levre profane,
Et d'un pied dur potele ses appas.
Linde pourtant tu ne t'éveillais pas!
L'ame souvent, par la peine absorbée,
Aux sens flétris semble être dérobée.
L'âne hésita s'il userait des droits
Dont en ce cas il usait autrefois.
Quoique baudet, dans sa rude tendresse,
Il conservait quelque délicatesse;
La passion l'emportait cependant:
La chair, la chair, de son aiguillon roide,

Le combattait, & lui pressait le flanc ;
La chair insiste, & le pauvre âne cede.
Le tendre amour avait mis en effet
Dans son cœur faible un vigoureux projet.
Il était âne, & guerrier qui plus est.
Sur le rocher mollement étendue,
Linde découvre une cuisse charnue,
Et cependant le nerveux pénaillon
De la chair dure agitait l'aiguillon.
Amour, dit-il tendrement en lui-même,
Entre mes bras assoupis ce que j'aime.
Il s'agenouille ; au premier coup de rein,
La Belle saute, & s'éveille soudain.
Elle s'éveille, ô fantôme ! ô surprise !
Un âne en pleurs, un âne à ses genoux !
Ses sentimens, qu'il rendait à sa guise,
Dans ses regards je ne sais quoi de doux,
L'air de vertu, de honte, de franchise,
Et ne sais quoi qui toujours sympathise,
Font soupçonner à l'avide Beauté
L'enchantement, *Sornit*, la vérité.
Au cou de l'âne elle vole en liesse.
« Mon ami cher, est-ce toi que je presse,
» Est-ce bien toi » ? *Sornit*, avec candeur,
D'un haut le corps confirma son bonheur.
Alinde avait une bague magique,

Dont la vertu, soit du Diable ou du Ciel,
Rendait à tout son état naturel.
Linde peut-être eût aimé le bourique;
Son cœur éprouve un aimable combat;
Mais de sa voix elle craignait l'éclat.
Changeons sa tête; elle touche, elle change.
Que de baisers donnés, pris confondus,
Précipités, redemandés, rendus!
Changeons ces pieds, & ce poil qui démange.
Le tout changea. Partant elle hésitait
Si, pour le reste, elle le changerait.
Grand'peine c'est, lui dit enfin la Belle;
Mais cette bague est d'une vertu telle,
Que sur le reste elle n'a point d'effet,
Etant bénite; & *Linde* larmoyait!
« A mon bonheur je passe cette clause;
» J'aurai du moins ces yeux bleus, ce beau tein,
» Ces bras mignons, & ces levres de rose,
» Et ce sein blanc à presser sur mon sein ».
Sornit partant, redevenu lui-même,
Acela près, usait bien tendrement
Des droits d'un âne & des droits d'un amant.
Oh qu'il est doux d'être âne cependant
Entre les bras du faible objet qu'on aime!
Linde éperdue, à ce qui la blessait
Voulait toucher, & pourtant ne touchait.
Heureux amans, je vais quitter votre Isle,

Bien qu'à regret ; ma Muſe, une autre fois,
Viendra s'aſſeoir à l'ombre de vos bois,
Lorſque ſa lyre, aux meurtres inhabile,
Laſſe ſera des querelles des Rois.

En ce moment, le Monarque de France
Tenait conſeil en ſon camp vers le Rhin ;
Monſieur *Ebbo*, dans ſa ſotte éloquence,
Peignait les maux dont le Prélat *Turpin*
Les menaçait par ſa fatale abſence.
Charlot repart : « Où diable le Deſtin
» S'eſt-il niché dans ce fils de Putain » ?

Ce Roi ſi bon, ſi plein de courtoiſie,
Et ſi loyal, avant que la Folie
A ſon grelot l'univers eût ſoumis,
Devint brutal & fou de ſens raſſis ;
Il a perdu ſon antique prudence :
Je ne veux plus que boire & que chanter.
S'il avait ſu chanter, boire, & régner,
Ce n'eût été le pis de ſa démence ;
Mais il s'endort, & n'en eſt pas meilleur,
Du ſang du peuple il enivre ſon cœur.
Si, dans ſa plate & ſotte fantaiſie,
Il avait eu quelque aimable folie !
Mais le vilain ne ſe repaiſſait pas
De la fadeur, des vices délicats.
Il aima mieux être un Sardanapale,

Et s'engourdit dans sa volupté sale.
La soif de l'or le gosier lui sécha ;
Pour en avoir le peuple il écorcha.
Il eut de l'or, mais perdit, en échange,
Gloire & repos : le Ciel ainsi nous venge.
J'aimerais mieux, si j'étais le Sophi,
Manquer de pain, que de me voir haï.
Le peuple fuit, l'effroi qui l'environne,
Défend aux cœurs l'approche de son trône.
Le pauvre Sire avait une moitié
Que l'on nommait Madame *Cunégonde*,
Reine, autrefois les délices du monde ;
Elle devint sans remords, sans pitié,
Immola tout à sa rage lubrique,
Vit les forfaits avec un œil stoïque.
Charles du moins, tranquille, regardait
Les maux présens ; la furie en riait,
Et maudissait la pauvre espece humaine,
Qu'on maltraitait avec autant de peine.
Mais je m'éloigne ici de mon objet ;
Je moralise, & j'aurais bien mieux fait
De vous conter les gauloises prouesses
Des Paladins & leurs nobles maîtresses,
De déplorer le péché de *Turpin*,
De le chercher, ou de vous dire enfin
Ce qui se passe au camp de *Vitikin*.

Quand ce Héros partit pour *Herminie*,
L'on tint conseil, & le jeune *Hydamant*
Leur dit : « Saxons, votre armée affaiblie
» A plus besoin de repos à présent,
» Que de lauriers achetés par du sang.
» Sans doute enflés de leur gloire imparfaite,
» Nos ennemis s'avancent orgueilleux,
» Et vont bientôt reparaître à nos yeux.
» Qui sait les maux que le sort nous apprête ?
» Qui sait bientôt si nous n'aurons en tête,
» Et les Gaulois, & même les Alains.
» O *Vitikin* ! ô douleur ! ô mon pere !
» Il ne voit plus peut-être la lumiere !
» Quinze ans de pleurs, d'horreur, & de misere,
» Nous ont appris à craindre les destins ».
A ce discours, *Salamane* s'élance,
Guerrier fougueux ; la raison, la prudence
Lui répugnaient, & ce courage altier
Ne connaissait de raison que l'acier.
« Eh quoi ! dit-il, frappant son cimeterre,
» Attendons-nous que le peuple Gaulois
» Passe le Rhin, traîne chez nous la guerre,
» Et jusqu'ici nous apporte ses lois ?
» Moi, je prétends, dût-ce être pour ma perte,
» Passer en France, & jusques dans Paris,
» Parmi le sang, les larmes, les débris,
» Laver l'affront dont la Saxe est couverte.

» Je pars : adieu ; si vous êtes Saxons ,
» Suivez mes pas ; vengeons-nous , ou mourons ».
Comme il parlait , *Hélene* soulevée ,
Le glaive nu , s'étoit déjà levée.
« Lâches , partez ; le danger est ici :
» Partez , dit-elle , & cherchez sur la terre
» Quelque désert qui vous mette à l'abri
» Et des périls & des maux de la guerre.
» Sans colorer une indigne frayeur
» Des faux dehors d'un excès de valeur ,
» Il est plus court d'avouer que tu trembles ,
» Et que ce camp où marche l'ennemi ,
» Ne calme point ton cœur mal affermi.
» Répondez-moi , soldats ; que vous en semble ?
» Son artifice a-t-il su m'éblouir ?
» C'en est assez, & vous pouvez partir ;
» Sans votre bras nous saurons nous défendre.
» Nous n'irons point au devant des Gaulois ,
» Mais fierement nous saurons les attendre ,
» Non pour fléchir & recevoir des lois ,
» Mais soutenir & nos Dieux & nos droits ,
» Et vous apprendre à nous rendre justice ,
» Comme à rougir d'un pareil artifice ».
Le guerrier , plein de folie & d'honneur ,
Etincelait de honte & de fureur ;
Mais le respect que l'on doit à son maître ,

De cette fougue étouffa le salpêtre.
Il se retire écumant de dépit,
Impétueux, roulant dans son esprit
Tous les moyens de laver cet outrage,
Et dans sa tente il dévore sa rage.
Par ce discours, *Hélene* adroitement
Sut prévenir la fuite inévitable
De cent Héros utiles dans le camp,
Qu'entraînerait cet exemple honorable.
Le *Salamane*, en sa tente captif,
Vit quinze fois le jour & la nuit sombre
A l'Univers rendre le jour & l'ombre,
Sans que son cœur, atteint d'un poison vif,
Permît jamais à sa vue abusée,
De se fermer sous les doigts de Morphée.
On ne voit plus ses palefrois légers,
D'un pied sonore atteindre le rivage,
Et de l'amour dédaignant le servage,
Le front mobile, appeler les dangers.
Ce n'était plus cette ardeur belliqueuse
Dont pétillait leur prunelle orgueilleuse;
On ne voit plus ces flancs toujours pressés,
Ce crin ardent que la trompette agite;
Mais languissans, & les regards baissés,
Tristes, pensifs comme ceux d'Hippolite,
Ils demeuraient, & la nuit & le jour,
Sourds à la voix de Mars & de l'Amour.

CHANT V.

ARGUMENT.

Comment George *fut fessé ; comment* Nice *fut baisée ; comment l'*Ange gardien *fut berné.*

VOUS avez vu la fraîche Jardiniere
Quittant les bras de son joufflu *Colin*,
En jupon blanc sortir de sa chaumiere,
Et vers Paris trotter de grand matin.
De même l'aube, aimable avant-courriere,
De l'univers entr'ouvroit la barriere.
L'aube naquit, dit un grave Romain,
D'Endymion, & Diane la lune ;
Elle apportait au Ciel chaque matin
Le lait nouveau des troupeaux de Neptune.
Or, un beau jour, Jupiter l'attendit
Vers l'Orient : en chantant elle arrive.
Jupin courut ; l'adroite fugitive
Fit un faux pas, son urne répandit,

Et la blancheur eſt toujours demeurée
En cet endroit de la voûte azurée.
Antoine Organt, & *George*, & *l'écuyer*,
Etaient alors en train de cheminer,
Et les Zéphyrs, & l'aube moitié née,
Tout annoncoit une belle journée.
A l'Orient le Ciel éblouiſſait,
Soit que ce jour la laitiere immortelle
Eût eſſuyé quelque encombre nouvelle,
Et répandu le divin pot au lait,
Soit qu'il fît beau ſimplement en effet.
On arriva dans une hôtellerie,
Où l'on dîna ; la table fut ſervie
Sans grand apprêt, mais pourtant proprement.
Nice ſervait, non point élégamment,
Et de cet air plein de mignarderie,
A dire vrai ; mais *Nice* poſſédait
Deux beaux tetons ſous un léger corſet
Fort mal noué, par mégarde ſans doute ;
D'un blanc mouchoir la tranſparente voûte
En trahiſſait le boutonnet charmant,
Et par mégarde encore apparemment.
Gentil ſouris que le ſouris de *Nice*,
Petit air fin & ſans nul artifice,
Œil bleu, teint frais, cotillon blanc & court,
Laiſſe lorgner jambes faites au tour.

Ce n'était point du tout coquetterie ;
Mais *Nice* était apparemment grandie ;
L'amour avait arrondi ses deux bras.
Ainsi charmante, & ne s'en doutant pas,
Elle dansait sur un pied & sur l'autre,
A droite, à gauche allait dans la maison,
Faisait virer perfide cotillon,
Et marmottait joyeuse patenôtre.
  L'impénitent & lubrique Aumônier
Ne se lassait icelle de lorgner,
Et convoitait son joyau de baptême.
  Nicette alors apportait une crême
Moins blanche qu'elle. « Or ça, Belle, dit-il,
De son bras dur serrant son bras gentil ;
» Ça, la petite, a-t-on son pucelage ?
» Point ne mentons ; l'avons-nous ce bijou ?
» L'aurions-nous pas laissé dans le village ?
» Oui, n'est-ce pas ? » Vous importe-t-il où ?
Dit Nice, dont la pudeur outragée,
De lys en rose est tout à coup changée,
  L'air elle avait, qu'elle aurait mieux voulu
Qu'*Antoine Organt* eût son beau bras tenu,
Même autre chose, & d'un coin de prunelle
On vous frisait le jeune Chevalier,
Qui bien souvent jetait les yeux sur elle,
D'un certain air qu'on savait épier.

Point ne parlait ; plus l'amour eſt extrême,
Moins il éclate en frivoles diſcours,
Et le ſilence, au temple des Amours,
Parle ſouvent mieux que l'oracle même.
Cela poſé, fillettes là-deſſus
Très-rarement ont les eſprits obtus.
 Ce n'eſt le tout ; notre Aumônier ſans grace,
Avec fureur un doux baiſer voulait ;
Mais le poil dur de ſa lubrique face,
De ce tendron les levres n'alléchait.
Nicette crie : Au ſecours, on m'égorge ;
Et fretillant comme anguille dans l'eau,
Elle s'arrache aux tenailles de *George*,
Qui vers ſa bouche affilait ſon muſeau.
Dans le jardin, *George* pourſuit *Nicette*.
Soudainement deux robuſtes valets,
Chacun armés de vigueur & de fouets,
D'un bras nerveux vous empoignent la bête ;
On vous lui met dans la gueule un bâillon ;
On vous l'étend ſur l'herbe de ſon long,
Et nos deux *gars* défroquent ſon derriere.
Nice accourut, & frappa la premiere
Etourdiment : mais ayant aperçu
Le globe affreux de cet énorme cu,
Cette vallée infernale, profonde,

Et qu'ombrageait une forêt immonde,
Ce cuir tané, ce croupion monſtrueux,
Comme n'en eut ni le fier *Poliphême*,
Ni le *Mimas* armé contre les Cieux.
Nice tremblante, & le viſage blême,
Recule un pas, puis en avance deux.
Mais chaque *gars*, & ferme & vigoureux,
Ayant ſaiſi l'inſtrument de vengeance,
D'un bras terrible, harmonieuſement,
Sur ce derriere infatigable, immenſe,
Avec ſang froid fait tomber la cadence.
Champagne vint, ſa voix contrefaiſant;
Il exhorta le Moine à patience.
« Mon frere cher, diſoit-il ſaintement
» En *Jéſus-Chriſt* mettez votre eſpérance;
» Pour nous tirer des griffes du Démon,
» Il a ſouffert maintes irrévérences,
» Crachats, ſoufflets, & fuſtigation.
» Ceci n'eſt rien auprès de ſes ſouffrances,
» *Jéſus* mourut, & vous ne mourrez pas.
» Recueillez-vous avec l'Agneau ſans tache,
» Et priez-le, dans ces rudes combats,
» De vous aider à fournir votre tâche ».
Du patient les cris percent les cieux;
Sa croupe impure étoit en marmelade.
Tels ſont ces monts où gémit Encelade.

Les Forgerons du Souverain des Dieux
Ces monſtres noirs, ces Cyclopes affreux,
Les nerfs ſaillans & l'haleine bruyante,
Couverts de poudre & les poils hériſſés,
Sous des marteaux lourdement cadencés
Faiſoient trembler l'enclume gémiſſante.
Ainſi nos *gars*, à coup précipité,
Font retentir, ſous une main peſante,
Le cul de *George* en ſa concavité.
Organt diſait : « Que le révérend Pere
Chante à loiſir là-bas ſon bréviaire ;
Pour nous, buvons ». *Champagne* lui verſait,
Et toutefois ſon verre n'oubliait.
George hurlait, & ſes feſſes tannées
Etaient par-tout de marques ſillonnées.
Organt enfin fit ſigne de ceſſer,
Et de s'enfuir. On prend la fuite, on crie ;
Et le Héros, branlant ſon braquemard,
Comme s'il fût venu plein de furie
A ſon ſecours, lui dit : « Je viens trop tard ;
» J'aurais voulu les ſcélérats connaître,
» De qui l'audace ainſi vous a ſu mettre.
» Que n'avez-vous à mon aide crié » ?
Le Moine au lit s'en fut eſtropié,
Se promettant de punir cette eſclandre.
Le Chevalier avait cru ce jour-là

Aller gter à vingt mille de là.
Cet incident vint le départ suspendre ;
Mais au surplus il n'en fut pas fâché.
Nicette avait son jeune cœur touché ;
Il espéra que le sien serait tendre.
C'en fut assez ; il oublia bientôt
L'arrêt du sort, & son oncle, & *Charlot*.
« Ah ! que le Ciel, disait-il, est bizarre,
» De dégrader une beauté si rare,
» Et d'abaisser de si touchans attraits
» Aux soins grossiers d'un essaim de valets !
» Si le Destin l'avait fait à ma guise,
» Il en eût fait plutôt une Marquise.
» Mais le Destin eut peut-être raison.
» *Nice* Marquise eût été précieuse,
» Coquette, sotte, altiere, impérieuse.
» Vaut-il pas mieux un villageois tendron ?
» Il me faudrait faire mainte grimace,
» Et larmoyer, & faire le muguet,
» Pour obtenir un froid baiser, par grace,
» Et découvrir un sein avec respect,
» Du vrai bonheur n'avoir que le fantôme,
» Etre cocu tout comme un autre en somme :
» J'aime bien mieux que ma *Nicette* enfin,
» *Nicette* soit, que Baronne ou Comtesse ;
» Le vain éclat d'un titre de noblesse

» S'évanouit à côté d'un beau ſein ».

Comme il parlait, brillant trait de lumiere
Soudainement par les airs s'épandit,
Et le Héros ſon *Ange gardien* vit
Croiſſant de flamme embraſſait ſa paupiere,
Cheveux blondins ſur ſon dos voltigeaient,
Au gré de l'air ſes vêtemens flottaient,
Que les zéphyrs curieux retournaient.
On lui voyait maint flacon efficace,
Rempli d'une eau que l'on appelle grace;
Le doux *Jéſus* en diſtribue aux Saints
Qu'il a chargés du ſalut des humains,
Et chacun d'eux un pareil flacon porte,
Dont, au beſoin, ſon ouaille il conforte.
Il diſſipa de ſon ſouffle divin,
De Diabloteaux un ſémillant eſſain,
Qui le bernait, danſait ſur ſes épaules,
Et ricanait autour de ſes fioles.

En ſoupirant d'un air ſanctifié,
Il prononça ces benoîtes paroles,
Avec un ton d'amour & de pitié.

« Mon enfant cher, je viens vous prêter aide;
» Et vous tirer des griffes du Malin;
» Car votre cœur bien lâchement lui cede,
» Et certain feu brûle dans votre ſein,
» Feu qui n'eſt pas celui d'amour divin!

« Vous

« Vous soupirez pour des Beautés mortelles
» De qui l'éclat est si frêle & si vain,
» Et que les vers dévoreront demain.
» Connaissez mieux les beautés éternelles :
» Ces culs si ronds, si fermes, & si blancs,
» Dans le tombeau vont bientôt se dissoudre,
» Se consumer, & ne seront que poudre ;
» Ces yeux remplis de charmes séduisans,
» Se sécheront comme la fleur des champs ;
» Ces blancs tetons, dont la forme est si belle,
» Ou qui du moins, mon fils, vous semble telle,
» Vont s'éclipser dans la nuit du trépas »!
« Oui, dit *Organt*, c'est une loi cruelle,
» Mais qui devrait respecter tant d'appas.
» Affreuse Mort, sous ta faux tout succombe;
» Tu détruis tout, trônes, palais, cités ;
» Ton bras cruel, dans l'oubli de la tombe,
» Anéantit & rangs & dignités,
» Et les attraits des touchantes Beautés.
» La faulx du temps, tout frappe, tout enleve ;
» Tout finit, fuit, & passe en ces bas lieux.
» Que faire donc si la vie est un rêve ?
» Rêvons du moins que nous sommes heureux.
» Ce Dieu si grand, & sans doute équitable,
» Qui nous soumet à de tristes destins,
» Peut-il encor trouver l'homme coupable

» D'avoir aimé l'ouvrage de ses mains ?
» Non ; j'aime *Nice*, & d'un amour extrême ;
» J'aime ses yeux, passagers, mais charmans,
» Et tous les Saints, mon bon Ange, & vous-même,
» Forniqueriez si vous aviez des sens ».
L'*Ange* repart : « Mon filleul, que tant j'aime,
» Si forniquez, & point ne conservez
» Votre innocence & rose de baptême,
» Et pour le Ciel si peu vous soupirez,
» Songez au moins à ce que vous devez
» Au ciel, à *Charle*, à votre oncle, à vous-même.
» Point ne sentez cette onction suprême,
» Cet avant-goût de la gloire des Saints,
» Et ne voulez que des motifs humains.
» Eh bien, sachez que la guerre présente
» Dépend en tout de votre oncle *Turpin*.
» Les yeux sur vous, la France est dans l'attente,
» Pour découvrir son coupable destin.
» Songez aux maux qui tombent sur la France,
» Au déshonneur qui va vous menaçant,
» Tant qu'il vivra dans son impénitence.
» Mon cher *Gardien*, reprit *Antoine Organt*,
» Veuillez me dire où mon bon oncle pêche,
» Ou donnez-moi cet astre bienfaisant
» Qui conduisit les Bergers à la crêche,
» Et mettrai fin aux maux du peuple franc.

» Si j'étais Dieu, pour un chétif, un homme,
» Me garderais de proscrire un Royaume ;
» Et Dieu nous doit pardonner bonnement,
» S'il est meilleur encor qu'il n'est méchant ».
L'Ange comprit que la grace divine
Y ferait plus que toute sa doctrine.
Comme il allait la fiole verser
Droit sur son chef, *Nice* vint à passer.
On ne dit point pourquoi passait la Belle.
Elle courait ; *Organt* court après elle,
Et plante là, plein de confusion,
L'*Ange* perclus, de qui l'effusion
Manqua son coup, & tombant irritée
Fit tressaillir la terre épouvantée.
La Grace & lui de la sorte bernés,
L'Ange s'envole avec un pied de nez.
De mon Lecteur l'attention distraite,
Avec *Antoine* a volé vers *Nicette*.
Nice rougit, le brave s'enhardit ;
Nice sourit, *Organt* sourit de même,
Lui prend la main, & la baise, & lui dit
Tout bonnement : Ma *Nicette*, je t'aime.
Cet aveu-là n'était pas éclatant.
Que voulez-vous ? *Nice* était du village,
Et le Héros n'était pas impudent.
Nice repart : Non, point de badinage ;

Mais ſes yeux bleus parlaient bien autrement;
Organt vola baiſer furtivement,
Puis un ſecond moins difficilement,
Puis un troiſieme, & puis un quatrieme,
Et *Nice* enfin en rendit elle-même.
Amour alors par les airs voltigeait;
Il avait vu la viſite de l'Ange,
Et le flacon & l'aventure étrange,
Et dans ſes mains, en volant, il riait.
Il s'approcha de notre couple tendre,
Leur décocha par le cœur certains traits
Que dans leurs yeux ſon art avait ſu prendre,
Puis il les mit dans un nuage épais.
Mathieu Paris ne dit point ce qu'ils firent;
Mais il nous dit : Alors qu'ils en ſortirent,
Déſordre était dans le faible corſet;
On remettait épingles au bonnet;
Mouchoir froiſſé, contre ſon ordinaire,
Car *Nice* était propre comme le jour,
Elle tenait ce ſoin là de ſa mere;
Gorge qui bat, yeux humides d'amour;
Mon cher Lecteur, ſans tant vous en décrire,
Bien devinez ce que *Mathieu* veut dire;
Tous deux enfin s'en furent ſatisfaits,
Organt chez lui, *Nicette* à ſon balais.
Je veux avoir une gente maîtreſſe:

Je n'entends point par gente une déesse ;
Car je l'irai querir parmi les champs.
Je veux qu'elle ait une taille gentille,
Un cœur ouvert, qu'elle ait toujours quinze ans,
Qu'elle soit douce, & que son œil pétille ;
Je lui voudrais un petit sourire fin,
Sans hardiesse, un petit air malin ;
Auprès de moi sur-tout qu'elle rougisse,
Et qu'elle soit enfin telle que *Nice*.
 De son côté, sait-on ce que faisait
Jean l'écuyer ? L'hôtesse il caressait.
Elle était veuve, & veuve inconsolable.
 Antoine soupe, & *Nice* le servait.
Aiguillonné par le vin & la table,
Il la trouvait encore plus aimable ;
De temps en temps tetons il lui prenait,
Et de baisers les mets assaisonnait.
Dans une tendre & pétillante orgie,
Oh ! qu'il est doux de presser tour à tour
Contre son sein sa bouteille & sa mie,
Ivre à la fois & de vin & d'amour !
Les deux amans, sans scrupule & sans gêne,
S'abandonnaient à leurs brûlans désirs,
Et s'enivraient de vin & de plaisirs.
 Déjà la nuit, sur son trône d'ébene,
Allait atteindre au milieu de son cours ;

Cette heure là, c'eſt l'heure des amours,
Dit *Arouet.* Sous le marbre & les chaumes,
En ce moment, tous les hommes ſont hommes;
Le Pâtre alors eſt ſouvent plus heureux
Entre les bras de ſa brune *Climene*,
Qu'un Roi ne l'eſt dans les bras d'une Reine;
Et ſous l'abri de ſon palais pompeux,
Souvent il tient des feſſes ſurannées,
Preſſe un teton & des cuiſſes tannées,
Et bien ſouvent careſſe même un cu,
Qui dans le jour l'a fait ſept fois cocu.
Pour mon *Guillot*, de la bouche il vous preſſe
Bouche vermeille & gorge enchantereſſe,
Baiſe un teton & ferme, & rond, & frais,
Dont ſes voiſins ne tâterent jamais.
Au Chevalier demandez s'il préfere,
Ou *Nice* à Reine, ou Reine à ſa bergere.
En ce moment, ſon cœur eſt plus heureux
Que ne le ſont & les Rois & les Dieux.
Son ſein brûlait ſur celui de ſa mie,
Sa bouche humide à ſa bouche eſt unie.
Nice éperdue, en ſon brûlant tranſport,
Entre ſes bras le preſſe avec effort.
Dans ces inſtans, leur ame évanouie
Semble parfois abandonner la vie.
Le couple heureux jette un profond ſoupir,

Et se confond dans le feu du plaisir.
Organt lui dit : « Soyez ma douce amie,
» Echappez-vous de cette hôtellerie ;
» J'ai dans le Maine un assez beau châtel
» A pont-levis, & c'est là que j'espere
» Vous couronner au retour de la guerre.
» Je vous le jure à la face du ciel ;
» Oui, quelque jour vous serez noble Dame,
» Et mon courage, envers & contre tous,
» Fera juger, chere ame de mon ame,
» De mon amour & tendresse pour vous ».
Organt ainsi faisait parler sa flamme.
Nice repart d'un sourire agaçant.
Voici de quoi l'on convint cependant.
Elle devait habit de *George* prendre,
Et sa mandille, & Monsieur son baudet,
Tandis qu'au lit bien malade il gissait,
Champagne étant averti du projet,
Et de la sorte en campagne se rendre.
Cela fut dit & fut exécuté.
Grace à *Champagne*, à sa dextérité,
On enleva la monacale armure ;
Elle sentait une certaine odeur.
  Bien devinez, sous cet habit trompeur,
La ridicule & charmante encolure
Du gentil Moine ; à quelques ampleurs près,

L'habit fort bieu ajustait ses attraits ;
On ne laissa que ce moule effroyable,
Que l'on eût pris, sans trop exagérer,
Pour les étuis des deux fesses du Diable.
Nice tremblait seulement d'y penser,
Se rappelant la façade étonnante,
Grosseur, rondeur, couleur & profondeur
De l'instrument dont le susdit malheur
Avait rendu la gaîne ainsi vacante.
  Le Chevalier ne perdait point au troc ;
Il admirait sa *Nice* sous le froc :
Ces grands yeux bleux où feu d'amour pétille,
Etincelans dessous ce voile obscur,
Comme l'étoile au milieu de l'azur,
Et cet endroit où la noire mandille
S'arrondissait sur sa gorge gentille,
Et cette croix qui de son cou pendait,
Et qu'aurait même adoré *Mahomet*,
Et ces deux mains petites & d'ivoire,
Sortant au bout de large manche noire ;
Onc on ne vit Moine si gentelet.
Ah ! si le *Christ* eût pris telle faconde,
S'écriait-il, pour paraître en ce monde ;
Son cu divin n'eût pas été fessé,
Et ses bourreaux l'auraient plutôt baisé.
  Jà le trio dans la plaine s'avance.

Fort gentiment *Nicete* l'Aumônier
Allait trottant sur son baudet altier,
Qui, Dieu merci, sentait la différence ;
Aussi sa voix en sons plus doucereux,
Allait flattant les échos de ces lieux.
D'abord il crut avoir changé de maître,
Tant le Monsieur se sentait soulagé ;
Mais en voyant accoutrement de Prêtre,
Il se disait, mon frère est bien changé.
  Contes d'amour abrégeaient le voyage ;
L'aube naissante égayait les Sylvains,
Et la Nature, & nos trois Pélerins.
  Mais repassons sur un autre rivage ;
Le Rhin sanglant m'appelle sur ses bords ;
Chantons l'honneur, la sottise, & les morts.

CHANT VI.

ARGUMENT.

Comment la Folie fit tourner la tête aux Gaulois ; comment Charles *passe le Rhin , pour surprendre l'ennemi ; comment ils se battirent.*

POUR le malheur des cervelles de France,
Dame Folie avait dans nos climats
Fixé son char , & l'esprit de démence
Avait gagné Ministres , Magistrats ,
Prêtres & Clercs , Généraux & Soldats.
Ils étaient fous , mais selon leur richesse,
Selon leur rang , leur pouvoir , leur noblesse.
Tous n'avaient pas le moyen d'être fous.
Le muletier , avec un cœur jaloux ,
Du Financier enviait l'ânerie ,
Et déplorait sa mesquine folie ;
Le Colonel enviait le Séjan :
De balourdise enfin en balourdise,

Aucun n'était assez sot à sa guise :
Tous désiraient ; & le Prince du Sang,
Du Roi son maître enviait la sottise.
Par-ci, par-là, quelque esprit ostrogot
Se préserva de l'honneur d'être sot ;
Mais cette espece était par-tout huée,
Comme stupide, & de sens dénuée.
Charles lui-même, autrefois si prudent,
Avait subi ce fatal ascendant ;
Mais sa folie avait un caractere
Particulier. De fous environné,
Par le torrent il était entraîné,
Et respirait la folie étrangere.
Quelque Séjan est-il entré chez lui ?
Charles doit être un tyran aujourd'hui.
Si quelque sage, il sera magnanime ;
Si quelque Prêtre, il est pusillanime.
Jouet enfin des divers mouvemens
De sa folie & de celle des gens,
Charles paraît souvent, à la même heure,
Bon & cruel, fait le mal, puis le pleure.
Il résolut, dans un certain moment,
D'aller forcer les Saxons dans leur camp.
Au nom du Ciel, *Ebbo*, le grand Prophête,
Vint lui prédire une entiere défaite,
S'il combattait sans le *palladion*.

Charles lui dit : Oui, vous avez raiſon ;
Mais ordonna qu'auſſi-tôt la nuit cloſe,
On ſe tînt prêt à traverſer le Rhin.
Le jour s'enfuit ; la nuit vient, tout repoſe ;
Chez les Saxons on s'avance ſoudain.
Quelques forêts antiques & ſauvages,
Du Rhin alors ombrageaient les rivages.
Là le Druïde adorait *Teutatés*.
De ce ſéjour l'horreur & le ſilence
Semblaient des Dieux annoncer la préſence ;
Et rappelaient ces ſiecles fortunés
Où, ſous le poids des pompeux édifices,
Nos bords heureux n'étaient point aſſervis.
Pour les vertus, des bois furent choiſis ;
L'on a bâti pour honorer les vices.
A la faveur de l'ombre & des forêts,
Charle aux Saxons déroba ſes projets :
Bientôt le Rhin ſe préſente à la vue,
Et dans les eaux déjà les bataillons,
Et les courſiers, & les fiers eſcadrons
Brouillent du Ciel l'image confondue.
Le Roi des Francs, par ſa valeur preſſé,
Brûlait d'atteindre au rivage oppoſé.
Fier de ſon poids, ſon cheval intrépide
Fendait les eaux d'une courſe rapide ;
Autour de lui les vagues blanchiſſaient

Et devant lui d'effroi se partageaient.
Rempli d'ardeur, il gravit le rivage,
Frappe du pied, bondit superbement ;
Son œil en feu, son fier hennissement
Semblent d'avance appeler le carnage.
Pour contempler nos Gentilshommes francs,
Du Rhin alors les Néréïdes blondes
Quittent le sein de leurs grottes profondes.
Las ! au travers de la gaze des ondes,
Elles dardaient leurs yeux étincelans,
En conjùrant quelque terrible orage,
Et se disant, qu'ils fassent donc naufrage !
Tempêtes, vents, bouleversez les flots,
Et dans nos bras adressez ces Héros !
Charles marchait, sa fortune pour guide :
Tout reposait dans un calme perfide
Chez les Saxons. *Salamane*, éveillé
Par le souci dont il est accablé,
Entend un bruit de coursiers dans la plaine ;
Au clair de lune il reconnaît les Francs,
Qui s'avançaient & marchaient à pas lents.
« Je puis enfin humilier *Hélene*,
» Dit le Guerrier, & lui rendre l'affront
» Dont son envie a fait rougir mon front.
» Tout dort ici ; sans moi le Roi de France
» Nous eût encore *occis* sans résistance,

» Et tout le sang de ce peuple égorgé
» Aurait lavé mon honneur outragé.
» Mais je veux vaincre en ce péril extrême,
» Et les Gaulois, & l'envie, & moi-même ».
A ce discours, il monte un palefroi,
Parcourt le camp, galope, jure, crie :
A l'ennemi, soldats, à la patrie!
Le soldat, plein de courage & d'effroi,
S'arme à la hâte. *Hélene*, impétueuse,
Vole mi-nue à la porte du camp ;
Sadit, *Madel*, *Agrisoux*, *Hydamant*
Courent par-tout. Ainsi, lorsque le vent
Trouble le sein d'Amphitrite écumeuse,
Le vieux Pilote, à l'aspect des rochers,
Appelle, éveille, assemble les Nochers.
L'un brise un mât, l'autre détend les voiles ;
L'un lorgne terre, & l'autre les étoiles ;
De ses méfaits chacun sent le remord,
Et fait des vœux dont il se rit au port.
Le généreux & noble *Salamane*,
Moins fier qu'Achille, & vaillant comme un âne,
Piquant des deux, & courant au galop,
Trouve les Francs à la porte de l'Ost,
Et furieux, reçoit à coup d'épée
De ces Messieurs l'espérance trompée.
A droite, à gauche, il renverse, il pourfend,

Couvre d'éclairs le bouclier, le casque,
Et le parvis est inondé de sang.
Les Francs, surpris d'une telle bourrasque,
Rendent à peine un timide combat ;
Avec l'espoir, leur courage s'abat.
Le premier rang sur l'autre se renverse,
Et le Héros, par sa fougue emporté,
De rangs en rangs s'avance, enfonce, perce,
Comme un rocher d'un mont précipité.
Le dur *Odmar*, le poli *Bradanelle*,
Le beau *Rhimbou*, & le laid *Pyrabelle*,
Viennent fougueux tomber sur les Gaulois.
Hélene accourt de mille hommes suivie :
Charles s'avance, on s'anime à sa voix ;
Des deux côtés on charge avec furie ;
La lune seule éclaire ces exploits,
Ces vaillants coups dignes de la lumiere.
C'est grand'pitié de mordre la poussiere
Dans la nuit sombre ; on voudrait, glorieux,
Mourir du moins à la clarté des cieux.
Les sifflemens des traits impétueux,
Les cris aigus, le cliquetis des armes,
Les juremens sonores des Gendarmes,
Les yeux roulans, allumés de fureur,
Le sabre en feu froissé contre le sabre,
Sur le coursier, le coursier qui se cabre,

Jettent par-tout l'épouvante & l'horreur.
Muse, dis-moi quelle eſt cette héroïne
Qui met là-bas en fuite les Saxons ?
C'était la faible & brave *Caroline*,
Niece de *Charle*, & Reine de *Soiſſons*.
Epriſe alors d'une folle chimere,
Depuis trois mois elle courait la terre,
Cherchant par-tout joyau qu'elle a perdu ;
Et ce joyau, c'était ſon pucelage,
Malignement emprunté par un Page,
Qui le rendrait, & ne l'a point rendu.
Sa plainte amere, à la Terre, à Neptune,
Redemandait ſa chimere importune.
Le jeune Page en tous lieux la ſuivait,
Lui promettant qu'il le retrouverait ;
Et chaque nuit, plein de perſévérance,
En attendant, careſſait l'Eſpérance.
Il eſt aiſé d'accorder dans le cœur
Tant de faibleſſe avec tant de valeur.
L'on vit en l'air paraître la *Sottiſe* ;
Ce vieil enfant, à chevelure griſe,
A d'une main la croſſe d'un Prélat,
De l'autre un ſceptre, & ſur le dos un bât.
Roi citoyen, à la Cour, à la Ville,
Ce vil Prothée eſt admis en tous lieux ;
Prélat, Miniſtre, & Courtiſan habile,

Ce Dieu caffard, avide induſtrieux,
Bénit, cabale, & ſe gliſſe en reptile.
Il tonne à Rome au haut du Vatican;
Chargé de fers, on le voit rire en France;
Sous un deſpote il tremble dans Byzance;
Soumis & fier, eſclave & tout-puiſſant,
Toujours le même, & toujours différent,
Son empire eſt celui de la Nature:
Et je ſerais, après cette peinture,
Très-fort tenté de le croire ce Dieu,
Ame de tout, tout entier, en tout lieu.
Dans les replis de ſa robe azurée
Brillaient en l'air, d'un infernal éclat,
Priape en froc, & l'Intrigue en rabat,
L'Hhypocriſie à la langue dorée,
Dogmes, erreurs, vertiges, préjugés,
Faux point d'honneur, l'un par l'autre égorgés;
Près d'elle était ce ſpectre de fumée,
Nommé *la Gloire*; il tenait un laurier
Que pourſuivaient le cuiſtre & le guerrier;
Devant leurs pas marchait la Renommée,
Et cependant notre Empereur *Charlot*
Criait d'un air glorieuſement ſot:
« Amis, corbleu, vive France! Allons boire;
» Dans un moment, nous avons la victoire;
« Le voyez-vous? l'aide nous vient d'en haut ».

Sur ſon cheval, *Hélene*, moitié nue,
Livrait aux coups une cuiſſe dodue,
Des bras d'ébene, une gorge de lait;
Et courageuſe, au travers la mêlée,
A mille morts ſans peur s'abandonnait.
Des Paladins la tête fut troublée
A ſon aſpect, & ſes nouveaux appas,
Sur tous ces fous faiſaient plus que ſon bras.
Ils la ſuivaient, & leur main, de ſa tête,
De mille coups écartait la tempête.
Notre Amazone à leurs ſoins complaiſans
Ne répondait que par des coups peſans.
L'audacieux & plaiſant *Leſdiguiere*
Lui ſaute en croupe, & de ſes bras nerveux
Rend ſurperflus ſes efforts vigoureux,
Pique des deux la monture légere,
Et par la plaine emporte la guerriere.
« Ah! diſait-il, ces membres délicats
» Ne ſont point faits pour l'horreur des combats!
» C'eſt à l'amour une injure cruelle! . . .
» Que me dis-tu, lâche? répondait-elle;
» Oſe deſcendre, & tu ſauras tantôt,
» Si cette main déshonore une épée.
» Elle ſe flatte, avec l'aide d'en haut,
» De ſe venger, & d'envoyer bientôt
» Dans les enfers ton ombre détrompée ».

Le palefroi, pressé par l'aiguillon,
Les emporta dans un secret vallon.
Hélene était de rage étincelante.
Et les lauriers sans elle moissonnés,
Et les guerriers de sa suite étonnés,
Aiguillonnaient son ame impatiente;
Contes d'amour le galant lui faisait,
Et le teton & le cœur lui pressait.
Bref, on entend un coursier qui s'élance.
Le Paladin, frappé d'un coup de lance,
Et presse *Hélene*, & la quitte en jetant
Un cri plaintif; il tombe dans son sang.
Marc Hippolite avait vu fuir *Hélene*
Et le Guerrier; son cœur vil & jaloux
Crut mettre à prix le plus lâche des coups.
Le jour déjà descendait dans la plaine,
Hélène voit *Lesdiguiere* mourant,
Et l'assassin à ses pieds réclamant
Le prix honteux d'un service coupable.
« Oui, je consens, indigne Chevalier;
» Oui, je consens, dit-elle, à te payer,
» Mais en lavant dans ton sang exécrable
» Le déshonneur d'une action semblable,
» Et t'immolant à cet infortuné,
» Comme à mon cœur doublement indigné.
» Monstre, choisis; je descends, ou remonte

» Ton palefroi ». Le perfide Guerrier,
Plein de regret, d'épouvante, & de honte,
Lui dit : Descends. En bas de son coursier
Hélene saute, & le lâche *Hippolite*
Lui porte un coup, remonte, & prend la fuite.
« Les Dieux, dit-elle, en volant sur ses pas,
» A mon courroux ne t'arracheraient pas ».
Dans sa fureur, en cercles elle agite
Sa longue pique, & d'un bras détendu,
Avec élan & la pousse & la quitte.
Marc Hippolite entendit éperdu
Le sifflement, & comme un coup de foudre
Le trait frappant le jeta sur la poudre ;
Dans l'étrier il reste embarrassé.
Son palefroi, qu'emporte l'épouvante,
Traîne en tous lieux le cadavre froissé,
Laissant par-tout une trace sanglante
Du fer tremblant dont il était percé.

Le mouvement d'une pitié guerriere
Ramene *Hélene* auprès de *Lesdiguiere*.
Elle s'avance ; il respirait encor :
Elle défait son casque formidable,
Qui laisse voir une figure aimable ;
Ses cheveux blonds descendent à flots d'or.
Sous les croissans de deux sourcils d'ébene,
Un mouvement & pénible & douteux,

Laisse entrevoir l'azur de ses beaux yeux.
A cet aspect, la redoutable *Hélene*
Sentit bientôt s'évanouïr sa haîne.
De la vengeance & du ressentiment,
Il n'est qu'un pas à l'amitié souvent.
« Jeune Guerrier, dit alors l'Amazone,
» Meurs innocent, & mon cœur te pardonne.
» Dieu m'est témoin que j'ai vengé ta mort;
» Cette faveur te vient d'une ennemie,
» Qui, si sa voix pouvait toucher le sort,
» A prix de sang racheterait ta vie.
» Ainsi ce Franc, patriote sans foi,
» Fut plus cruel que moi-même envers toi.
» Le Dieu fatal qu'adore ta patrie,
» Ce Dieu sanglant protége donc l'impie?
» On ne voit point chez nous de ces forfaits;
» Vos crimes sont payés par des succès,
» Et nos vertus se payent d'amertume.
» Mon Dieu, plus grand sans doute que le tien,
» Me dit de plaindre & d'aimer le Chrétien.
» Jamais le sang dans ses Temples ne fume;
» Par la Nature il a dicté sa loi;
» Elle nous dit que le bien est la foi;
» Que l'innocence & la pitié du sage
» Sont un encens plus pur que le carnage,
» Et ce Dieu saint ne veut être adoré

» Que par un cœur où ce culte est sacré ».

Hélene vit une pauvre chaumiere
Dans le vallon ; cabane hospitaliere,
Elle y trouva quelques simples Bergers,
Par leur misere, à l'abri des dangers.
« Venez, dit-elle, au nom de la Nature ;
» Un Paladin est tombé près d'ici ;
» Lavez le sang qu'a versé sa blessure,
» Et de mon cœur n'ayez point de souci.
» Votre service aura sa récompense,
» Et si je meurs au milieu des combats,
» Le juste Ciel, qui tient dans sa balance
» Et les bienfaits & les noirs attentats,
» Se chargera de ma reconnaissance ».

Jà du soleil les premieres ardeurs,
De *Leucothée* avaient séché les pleurs.
Hélene alors pique au travers la plaine,
Et vole au camp. La Guerriere incertaine
Sur le succès du combat de la nuit,
Tremble d'avoir des larmes à répandre
Sur les débris de son camp mis en cendre.
De son époux l'image la poursuit,
Et dans l'ardeur de sa course légere,
Sur son armet son carquois retentit,
Et son cheval fait voler la poussiere.
Toute la nuit on avait combattu,

Sans diſtinguer le vainqueur du vaincu.
Chaque parti ſe donnait l'avantage.
Enfin le jour découvrit le carnage.
Les champs, de morts étaient par-tout couverts,
Hommes, chevaux, étendus pêle-mêle !
De flots de ſang la plaine au loin ruiſſelle,
Et des tronçons des homicides fers,
De tous côtés le rivage étincelle.
L'aſtre du jour quitte à regret les mers.
Telle en hiver, après ces nuits palpables,
Où d'*Eolus* les ſifflets importuns
Semblent vouloir éveiller les défunts ;
Une dévote, en conjurant les Diables,
Quitte ſon lit, où les fils de *Vénus*
Nichaient jadis à côté des *agnus*,
Puis endoſſant ſa maternelle cape,
Au premier bruit des cloches dans les airs,
Vole à l'égliſe, avec ſon chien qui jappe,
Et ſon miſſel qu'elle tient à l'envers.
Elle aperçoit débris de cheminée,
Par Boréas à moitié ruïnée,
Débris de Saint dans ſa niche ébranlé,
Débris de toits, où le vent a ſifflé.
Un pauvre here a couché dans la rue ;
La vieille prie, & n'en eſt pas émue,
Et cependant d'indécens aquilons,

En folâtrant dans les ſaints cotillons,
Laiſſent lorgner au plaiſant qui chemine,
D'autres débris ſur leſquels il badine.
Charles campa ſur le côteau voiſin,
Et s'étendit juſqu'aux rives du Rhin.
Monſieur *Ebbo*, de qui la prophétie,
Par le ſuccès ſe trouvoit démentie,
Vint à ſon tour complimenter *Charlot*,
En lui diſant que ſa valeur extrême,
En ce moment triomphait du Ciel même.
Marcel lui dit : « Vous, vous êtes un ſot ».
Ebbo repart : « Vous êtes un profane ».

CHANT VII.

ARGUMENT.

Comment l'Ange gardien *berné se vengea ; comment* Organt *voyagea dans le Ciel, monté sur un Docteur.*

O JEUNES cœurs, c'eſt ainſi qu'on vous damne ;
Lancés à peine au ſein du tourbillon,
Des ſéducteurs la criminelle adreſſe,
De l'innocence aſſiége la faibleſſe,
Et par les ſens lui donne la raiſon :
Dans une coupe aimable, enchantereſſe,
Leur main adroite embaume le poiſon.
L'innocent boit ; adieu ſon innocence,
Adieu vertus, adieu paix de l'enfance.
Qu'arrive-t-il à l'eſprit égaré ?
Avec l'Egliſe & les Saints il fait ſchiſme,
Met en oubli le dévot catéchiſme,
Et les leçons de Monſieur le Curé.

Ainsi parlait d'*Antoine* le *bon Ange*,
Vilipendé naguere au cabaret,
Comme la Grace au profane il versait.
Sur un nuage à grands pas il marchait,
Disant parfois : Il faut que je me venge!
Dans sa fureur, le front il se cogna,
Qui, sous le coup, étincelle jeta.
Il en sortit, par le même passage,
Certain projet bien méchant, quoique sage.
Ce grand dessein était de désunir
Antoine Organt, & cette Villageoise
Par qui jadis avint ladite noise :
Nice s'entend. Il sauta de plaisir;
Et déployant ses aîles diaprées,
Et par les bords artistement dorées,
Il s'envola, derriere lui laissant
Certain rayon d'odorante lumiere,
Qui jaillissait du céleste derriere,
Et suspendu majestueusement,
Droit il s'envole au pays des chimeres,
Reines du monde, & sur-tout de nos peres.
Sur les confins de ce sot Univers,
Affreux séjour, & terme où tout expire,
Du vieux néant s'étend le vaste Empire;
C'est là qu'on voit ces fantômes divers,
Enfans légers du sommeil & de l'ombre,

Se promener ſous des formes ſans nombre,
Au ſein profond de l'éternelle nuit,
Fuyant le jour qui les anéantit.
Là, ſont Docteurs, Médecins, & Sophiſtes,
Marchands de Ciel, Sectateurs, Alchimiſtes
Tendant la main, & maîtres d'un tréſor;
Creux Charlatans, dont la ſotte ſcience,
Ou bien plutôt notre avare ignorance,
A chaque inſtant métamorphoſe encor
L'or en fumée, & la fumée en or.
C'eſt là qu'on voit le Temple de Mémoire;
L'orgueil en fut l'ingénieux auteur,
Et s'y plaça ſous l'heureux nom de Gloire.
Il le bâtit de la ſombre vapeur
Des actions fameuſes ſur la terre,
Et des forfaits enfantés par la guerre.
Il eſt aſſis ſur des lauriers honteux,
Tenant en main quelques rameaux poudreux,
Dont il ſe ſert à repouſſer ſans ceſſe
L'opprobre altier qui le ſuit & le preſſe,
Et détourner l'importune lueur
De ce flambeau, dont l'équité terrible,
D'un œil profond, avide, incorruptible,
Vient éclairer le néant de ſon cœur.
Il a les mains & la levre ſanglante,
Les yeux tendus, ſuperbes, menaçans,

Et toutefois la bassesse impudente
Autour de lui brûle un profane encens,
Dont la vapeur & les flots imposans
Font voir l'idole au travers d'un nuage
Qu'adore un sot, & que perce le sage.
Là sont placés tous ces vils Conquérans,
Vantés par nous, & maudits en leur temps;
Ces Dieux cruels, & que la renommée
Pétrit de sang, de pleurs, & de fumée.
Ah! faut-il tant se donner de soucis
Pour acheter l'opprobre & le mépris!
L'*Ange*, en passant, aperçut sur ces rives
La Vérité, l'Equité, les Vertus,
De notre monde aimables fugitives,
Poussant vers lui des regrets superflus.
Il ramena de ces lieux formidables
Deux *farfadets* aux deux amans semblables;
L'un à baudet, comme *Nice* Aumonier;
L'autre à cheval, comme le Chevalier.
Il les percha sur son rayon céleste,
Pique, part, court, vole, arrive soudain;
Les esprits purs sont d'une essence preste.
Ce groupe en l'air frappa le genre humain,
Qui bonnement crut voir une Comete.
Les Négromans prirent leur amulette.
Maintes Nonnains disaient: Jésus! ma sœur,

La fin du monde ou quelque grand malheur !
On vit frémir la croix du Tabernacle ;
Chaque Saint fit cette année un miracle.
Mainte dévote avait des visions ;
On n'entendait parler que de Démons.
Le Pape en rut, armé de son étole,
Catéchisait au haut du Capitole,
Et tout cela pour un Saint qui pétait,
Et qui d'eux tous fort peu s'embarrassait.
Mais cependant *Organt* & sa maîtresse
Au nez du Saint cheminaient en liesse.
Un tel aspect (c'était fait pour cela)
De son cerveau le salpêtre éveilla.
Il fit d'un B. retentir l'atmosphere.
Eh ! qui craindra de jurer désormais ?
Passe un Valet, un Roi même, un Roi ; mais
Mais jure-t-on au séjour de lumiere ?
L'un d'un côté, l'un de l'autre trottant,
Antoine Organt & sa maîtresse gente,
Au gré de l'Ange allaient se séparant,
Du *farfadet* suivant la trace errante.
Jean l'Ecuyer avait pris les devans,
Pour se choisir une hôtesse vaillante
Et sans façon. Au yeux des deux amans
Les farfadets galopent dans la plaine ;
Ils les suivaient, courant à perdre haleine.

Nice pensa laisser son capuchon,
Et tous les deux perdirent la raison.
L'*Ange gardien*, d'une main invisible,
Précipitait leur course irrésistible.
Organt criait : Friponne, cette nuit,
De par Saint Luc, j'enchaînerai ta fuite !
En ricannant, l'*Ombre* lui répondit :
Nous le verrons, & puis se précipite.
De son côté, *Nice*, dont le baudet,
Impatient, les gregues alongeait,
Voyant bien loin percer dans la campagne
Son cher amant sur son cheval d'Espagne,
Criait à l'Ombre : Attendez, s'il vous plaît !
Le jour baissait, la vallée obscurcie
Favorisait cette supercherie.
Organt enfin au logis arriva,
Et *Nice* aux champs se trouvait loin de là.
Au même instant leurs yeux se dessillerent,
De tous côtés les regards ils tournerent;
Mais vainement. *Nice* se livre aux pleurs,
Et son amant à d'horribles fureurs.
Tel un lion de l'affreuse Hircanie,
Dont quelque More avare & sans pitié
A terrassé l'imprudente moitié,
Plein de douleur, transporté de furie,
Des longs accens de son sauvage amour

Fait retentir les déserts d'alentour.
Champagne alors vers son maître s'avance.
« Quoi, lui dit-il, Seigneur ; quoi, nous pleurons !
» Y pensons-nous en bonne conscience,
» Dans l'univers n'est-il d'autres tetons ?
» Vous trouverez mille *Nices* pour une.
» En attendant, le temps point ne perdons ;
» Le verre en main, bravons notre infortune :
» Heureux, rions ; & malheureux, buvons.
» Le Ciel fort peu s'intéresse à nos peines.
» Les Dieux là-haut, enivrés de nectar,
» Entre les mains de l'aveugle hasard,
» Du genre humain laissent flotter les rênes.
» Notre vie est un fleuve impétueux,
» Libre en sa course, & maître de son onde,
» Qui suit sa pente, & traverse le monde,
» Tantôt parmi des rochers sourcilleux,
» Des lits de fange, un effroyable abîme ;
» Tantôt parmi des sites plus heureux.
» Je plains celui qui se rend la victime
» Des simples jeux du hasard & du sort :
» Je ne crains rien, & même dans la tombe,
» Si, sous ses coups, mon ame ne succombe,
» Après ma mort, je rirai de la mort.
» Votre douleur est douleur inutile,
» Sur la fortune elle ne fera rien ;

» Au reste, elle est & volage & mobile;
» Par un caprice elle vous ôte un bien,
» Que par un autre elle pourra vous rendre.
» En attendant, le parti qu'il faut prendre,
» C'est de livrer votre peine au zéphyr;
» C'est de chanter, & de rire, & de boire,
» Pour convertir cette peine en plaisir,
» Ou tout le moins en perdre la mémoire.
» Est-ce aux Héros à se laisser charmer» ?
Organt repart: « Ah! fallait-il aimer »!

Il était nuit, Diane nébuleuse
N'était encor qu'à son premier croissant.
Nice, jouet de sa peine amoureuse,
Sans savoir où, s'en allait cheminant.
De temps en temps, le long des vastes plaines;
Mon cher *Organt*! *Organt* elle criait;
Et l'écho seul, sur les cîmes lointaines,
Plaintivement *Organt* lui répondait.
Ses bras mignons au Ciel elle tendait,
Et ses beaux yeux, pleins d'inutiles charmes,
Et qui fondaient en inutiles larmes.
Il était nuit; où giter cependant?
A qui s'offrir? Car elle avait grand'peine
A se montrer sous le noir vêtement.

Tandis qu'ainsi, malheureuse, incertaine,
Elle flottait entre mille projets,

Nés l'un de l'autre, un par l'autre défaits,
Elle entendit le son d'une musette,
Qui s'élevait du milieu des forêts;
Pour l'écouter, *Nice*, en pleurant, s'arrête.
« Il est sans doute heureux, dit-elle, hélas!
» Celui qui chante, & que j'entends là-bas »!
Nice, à ces mots, éplorée & tremblante,
Devers ces lieux où le berger chantait,
Hâtait au trot sa monture indolente.
On aurait dit que le drôle en effet
Prenait plaisir au pied qui le frappait.
Pour comble enfin, comme *Nicette* avance;
Notre Berger sa musette laissant,
Fit place au loin au plus morne silence.
Près d'un ruisseau, *Nicette*, en cheminant,
Vit un vieillard endormi sous un plâne;
Elle descend, timide, de son âne,
Accourt, s'approche, & croit voir un pasteur;
Mais elle voit *Ydrahaut*, l'Enchanteur,
Qui, pour voler librement dans l'espace,
Avait laissé son corps en cette place.
Ses vêtemens étaient blancs, & de lin;
Sa barbe antique, artistement bouclée,
A flots d'argent descendait sur son sein;
Une ceinture étroite & constellée,
Autour de lui tenait dans son repos
Une baguette, un livre, & des anneaux,

De la magie inſtrumens infernaux.
Nice héſitait, & d'une main timide
Elle touchait le vieillard doucement,
Qu'elle craignait d'éveiller cependant;
Mais ſon eſprit, occupé dans le vide,
Et dégagé des liens de ſon corps,
De ce bas monde était bien loin alors.
Il connaiſſait à fond l'Aſtronomie,
Apparemment flambeau de la Magie,
Et s'en allait dans les champs éternels
Etudier le deſtin des mortels.
Au bord de l'eau, *Nice* étendit ſes charmes;
En attendant le reveil d'*Ydrahaut*;
Bref, elle entend des courſiers au galop.
« Voici venir, dit-elle, des Gendarmes,
» Eloignons-nous ». Elle prend ſon griſon,
Monte deſſus & perce le vallon.
C'était *Organt* & ſon ami *Champagne*,
Pour la chercher, qui battaient la campagne.
Organt tantôt ou jurait ou pleurait,
Et l'Ecuyer ſur ſon âne *prêchait*.
Nos ſpadaſſins courent les plaines vertes,
Les monts, les bois, & les gorges déſertes,
Bien étonnés, le lendemain matin,
De ſe trouver ſur les rives du Rhin.
Ils entendaient de loin un bruit de guerre;
Organt s'arrête, & leve ſa viſiere.

« Ami, dit-il, on combat près d'ici ;
» Heureux qui meurt ! allons mourir aussi ».
Comme ils parlaient, de la plaine voisine,
En voltigeant, Zéphyr leur apporta
Le son aigu d'une cloche argentine.
Champagne au bruit son oreille prêta ;
Il aperçut dans le lointain bleuâtre
Le coq altier du clocher d'un couvent.
« Pour Dieu, dit-il, afin de mieux combattre,
» Allons là-bas dîner auparavant ».
Derriere un bois, muette solitude,
Loin des mondains & de l'inquiétude,
Quelque Traitant, de ses tardifs remords
Bâtit au Ciel un couvent sur ces bords.
Ici paraît une tourelle enduite
Des larmes d'or de la veuve proscrite ;
Là le regret éleva des murs saints
Des pleurs amers, du sang des orphelins ;
La sacrilége & profane Opulence
A mis ce sang pour y crier vengeance,
Sur ces autels où le Dieu de bonté
Fait homme un Dieu, fait Dieu l'humanité ;
Une tardive & froide pénitence,
Là de Frocards a renté l'indolence.
« C'est donc pour eux que l'avare Intérêt,
» Lavant ses mains dans un autre forfait,
» S'est engraissé de meurtres, de victimes ;

» Pour soudoyer à jamais d'autres crimes!
» Quelques tondus payent-ils les malheurs
» Des innocens dont ils boivent les pleurs »!
Antoine Organt, en parlant de la sorte,
Jà du Moutier découvrait la grand'porte,
Où s'élevait sur la croix expirant,
Un Dieu pour nous chaque jour renaissant.
Organt arrive; il entre au monastere.
Près de la porte était un vieux tilleul,
Dans ce séjour, vénérable lui seul.
Le *spadassin* trouva là grande chere,
Et l'avant-goût des biens du Paradis.
Ces gros reclus, de vin muscat fleuris,
En le voyant sont saisis d'épouvante.
Pere *Anaclet* vint au devant de lui.
A chaque pas, sa bedaine branlante
Rebondissait sur la terre tremblante.
Il se courbait sur un mobile appui;
Mille rubis, de couleur éclatante,
Etincelaient sur son nez montueux,
Et son menton, sur un pourpoint crasseux,
Se promenait à replis onctueux.
Il maugréait, d'une voix clapissante,
Contre le preux, qui, sans permission,
Etait entré dans la sainte Sion.
Organt, flétri de douleur & de rage,

D'un coup de poing ſoulageant ſon grand cœur,
Fit reculer Monſieur l'Inquiſiteur.
On crut alors le couvent au pillage.
Notre prudent & tranquille Ecuyer
Met pied à terre, & cherche le cellier.
Les ſaints reclus, l'effroi ſur le viſage,
Priaient Saint-Jean de conjurer l'orage,
Et s'écriaient : « Monſieur le Paladin,
» Ah ! prenez tout, mais laiſſez-nous le vin ».
Organt leur dit : « Meſſieurs, mettez la table ;
» Je viens ici boire à votre ſanté ».
Les porte-froc, à ce diſcours affable,
ſe coloraient d'un air d'aménité.
Bientôt le vin diſſipa les alarmes,
Et du tokai la ſubtile vapeur
Rougit les fronts qu'avait blanchis la peur.
Antoine Organt leur conta ſes faits d'armes ;
Il commença d'oublier ſon chagrin,
Et ſon amour qu'avait noyé le vin.
Vers le deſſert : « Çà, leur dit notre Alcide
» D'une voix forte & d'un air intrépide,
» Ce n'eſt pas tout : vous voilà rebondis ;
» Il faut, Meſſieurs, marcher aux ennemis :
» Je les ai vu poindre ſur vos montagnes ;
» Le Rhin lui ſeul vous protege contre eux ;
» Ils vont bientôt fondre dans ces campagnes,

» Et s'en viendront boire votre vin vieux.
» Çà braves gens, armez-vous; qu'on me ſuive ».
Parlant ainſi, ſon redoutable bras,
Aux yeux hagards de la troupe craintive,
Faiſait briller un large coutelas.
Le pere *Luc* ne put vider ſon verre;
L'un ſe ſigna, l'autre fit ſa priere,
Et tout à coup la fenêtre s'ouvrit;
Du haut des Cieux un âne deſcendit.
Mes chroniqueurs étaient gens bien profanes
D'aller nicher en paradis des ânes.
Voici comment certains Commentateurs
Ont expliqué cet indévot paſſage:
« Apparemment quand l'ame des Docteurs
» A dépouillé les terreſtres honneurs,
» Pour s'envoler au céleſte héritage,
» L'âne paraît, & reſte à découvert ».
Mais revenons à mon ſaint homme d'âne;
Son corps était vêtu d'une ſoutane,
Un grand bonnet par le ſommet ouvert,
Couvrait ſon chef, & cachait ſes oreilles.
Que de bonnets en cachent de pareilles!
L'âne, porté ſur l'aîle d'Aquilon,
Par la fenêtre entre dans le ſalon
Où s'abreuvaient tous les bienheureux Peres.
« Du haut des Cieux, je viens, dit-il, mes freres,

» Pour vous tirer du coupable danger
» Où le courage aurait pu vous plonger.
» Quoi! méprisant le Saint Pere & l'Eglise,
» Vous aideriez la mondaine entreprise
» D'un Paladin. *Horret à sanguine*
» *Ecclesia* »! Lors d'un épais nuage
Il entoura le brave courroucé
Dont il voyait s'allumer le visage.
Ainsi Vénus, aux rives de Carthage,
Couvrit son fils avec l'air condensé.
L'âne, en latin, tint après ce langage.
« Fut-il un sot, l'Apôtre ingénieux,
» Qui, par des lois si doucement séveres,
» A défendu que tout Religieux
» Traître, infidele à son culte pieux,
» Ne se baignât dans le sang de ses freres?
» Par ce moyen, loin du bruit, loin des guerres,
» Dans un torrent de plaisirs enchanteurs,
» Du genre humain vous narguez les malheurs;
» D'un mort dupé les remords vous font boire,
» Et vous riez sous votre cape noire,
» Quand vous voyez le mortel hébêté
» Baiser la trace où vos pas ont porté ».
Le Paladin se lassait de l'entendre
Braire en latin, sans pouvoir rien comprendre;
Il s'élança, le braquemard en main

Hors du nuage où l'avait mis le Saint.
Eſpadonnant & d'eſtoc & de taille,
Sans goutte voir, il court de tout côtés.
Les ſaints reclus fuyaient épouvantés,
Tous rebondis de la graſſe ripaille
Qu'ils avaient faite. *Organt* fut au haſard
Heurter le Saint d'un coup de braquemard.
L'âne, dreſſant & l'oreille & la queue,
Fit retentir, du clairon de ſa voix,
L'air, le couvent, & toute la banlieue.
C'était ainſi qu'il prêchait autrefois.
D'un bond léger, le guerrier, plein d'audace,
Impétueux s'élance ſur le dos
Du ſaint baudet, par la fenêtre il paſſe.
L'âne rua, péta, fit mille ſauts.
Organt ſaiſit les oreilles pour bride
Allegrement, s'envola, diſparut,
Et raſſura notre banquet timide,
Qui, de rechef, ſe réunit, & but.

Organt planait au ſéjour de l'orage,
Profanement ſur le Docteur monté;
Sylphes, lutins volaient ſur ſon paſſage,
Riant, bernant le pauvre âne hébêté.
En voltigeant, ils lui tiraient l'oreille,
Et lui faiſaient mainte inſulte pareille.
Mathieu nous dit que ces frêles cerveaux

Etaient pétris de ſel & de bons mots,
Dont la vapeur & délicate & fine
Ne montait point à la cervelle aſine.
De temps en temps le ſaint Docteur ruait,
Et le Héros à grands coups charpentait
Les flancs ſacrés du céleſte Bourique,
Qui lui diſait, dans ſon ſtyle énergique,
Que le Seigneur un jour le jugerait.
Sur l'Univers la nuit tendait ſes voiles,
Tout chamarrés de brillantes étoiles,
Et dirigeait de l'orbe occidental
Son char traîné par un maigre cheval.
Le Paladin, en promenant ſa vue,
Vit dans les airs un palais de criſtal,
Qui s'élevait comme ſur une nue :
Mathieu Pâris aimait le merveilleux.
En lettres d'or on voit au frontiſpice :
L'Extravagance habite dans ces lieux.
Organt ſourit, & ſe dit ſans malice :
« Je lui connais des Temples auſſi beaux
» Dans l'Univers ». En prononçant ces mots,
Il admirait ce bizarre édifice,
Etincelant d'un million de flambeaux.
Sous un portique, il vit nombre de ſots,
Triſtes amans de notre Pythoniſſe,
Mores, Gaulois, Eſpagnols, Oſtrogots,

Qui venaient là de l'un & l'autre pôle
Chercher les Arts, le goût, le bel esprit,
Et le bonheur, qui s'appelait V.... le.
Ici la haîne à la haîne sourit ;
Là j'apperçois Courtisanes tannées,
Tombeaux blanchis : ces roses surannées
Vendent aux gens la mort qui les nourrit,
Jouant l'amour, ses faveurs & sa flamme,
Le front serein, la rage au fond de l'ame,
Donnant un cœur pour un morceau de pain.
Là la Richesse au pauvre tend la main.
Les yeux hagards, ici rode l'Envie ;
Nouveau Tantale, on la voit qui poursuit
Un affiquet, un carrosse, un habit.
Ici l'Orgueil, là la Coquetterie,
L'œil de côté, l'abord doux & flatteur ;
Le vermillon lui tient lieu de pudeur.
Elle s'avance ; elle a pour compagnie
L'Intrigue sourde & la Discrétion.
Et l'Impudence & la Dévotion ;
Là des pédans réforment la patrie.
Là des Prélats, Hermites du bel air,
Et que l'on croit dans le monde au désert ;
Là les soucis qui se pâment de rire ;
Là des rimeurs haves, secs, effarés,
Dont la faim seule a causé le délire ;

Là la vertu ſous des haillons ſoupire ;
Là des faquins & des forfaits dorés.
Antoine dit au Portier : « La Déeſſe
Eſt-elle ici ? puis-je la voir » ? Non pas ;
Elle eſt en France, & voici ſon adreſſe,
Devers Paris aſſemblant les Etats.

CHANT VIII.

ARGUMENT.

*Etrange péché d'*Antoine Organt; *étrange pays où il aborde; étrange action de l'*Ange gardien.

L'*ANGE GARDIEN* de l'incrédule *Organt*,
Rassasié de sa sainte vengeance,
Avait quitté l'atmosphere de France,
Et revolait tout fier au Firmament.
Il voit *Organt* affourché sur un âne,
Un saint Docteur, & qui dans les airs plane.
Le papelard ayant tors son cou long,
S'avance, & dit : « O mon tendre pupille,
» En bonne foi, perdez-vous la raison » ?
« Corbleu ! repart ce filleul indocile,
» Monsieur le Saint, qui faites le Docteur,
» Vous commencez à m'échauffer la bile ;
» Restez là-haut, & laissez-nous tranquille ;

» Car me déplait ce babil orateur.
» Je veux pêcher, moi, rien ne m'en empêche ;
» Et que vous fait, ventrebleu, que je pêche ?
» Je veux rôtir avec ces gens fameux,
» Dignes peut-être, & plus que vous, des Cieux;
» Tant de Beautés célebres dans le monde,
» Et que dévore, hélas! le gouffre immonde!
» Ainsi partez, Monsieur le Prédicant,
» Et laissez-moi pécher tranquillement ».
« Ah ! répondit d'une voix tremblotante
Le *Saint*, saisi d'horreur & d'épouvante,
» Puisse le Ciel, ingrat, vous pardonner !
» Quoi, mon filleul, vous voulez vous damner » ?
« Oui, je le veux » ; & sans autre parole,
Il vole à lui, le coutelas au poing,
Et d'un grand coup lui fait voler bien loin
Et son oreille, & morceau d'auréole.
Il le poursuit, l'Ange fuit dans les Cieux,
Remplissant l'air de ses cris furieux ;
Et le pervers disait d'un ton profane :
« Trouve mauvais désormais qu'on se damne » !
Parlant ainsi, dans le vide il planait,
Comme un César, assis sur son baudet,
Qui, respirant dans un air sympathique,
Se rengorgeait, pétait, caracolait,
Et modulait sa voix académique.

Le Chevalier, trottant par le pays,
Roulait par-tout de grands yeux ébahis.
Il regardait comme chose nouvelle
De trouver là le pauvre genre humain,
Lequel rongeait un ridicule frein,
Sanglé, bridé, courbé sous une selle,
Et, qui pis est, des ânes gravement
Traînés par lui sur un char triomphant.
Là sous le joug quatre bêtes humaines,
A pas comptés, de même que nos bœufs,
Tiraient le soc, & traçaient avec peine
Un dur sillon sur un sol raboteux.
Dans ce pays, les ânes, pour les hommes,
Sont ce qu'ici pour les ânes nous sommes.
Ils ont leur code & leur gouvernement,
Leurs Magistrats, leurs Lois, leur Parlement,
De grands Docteurs, héritiers des Apôtres,
Et c'est de là que nous viennent les nôtres.
Ils ont aussi leur Université.
La Capitale est *Asinomaïe*.
Mon Chevalier, trottant par la Cité,
Scandalisait le peuple à longue ouïe,
Qui le voyait sur un âne monté.
Cet attentat parut le plus profane,
Le plus hardi, dont de mémoire d'âne,
Dans le pays on se fût avisé.

Le pauvre Saint était formalisé.
Quoi qu'il en soit, l'humilité céleste
Le retenait; on le voyait souffrir;
Il tenait bas une oreille modeste,
Et seulement quelque léger soupir
Faisait par fois la cité retentir.
Mais que disait la race pécadille?
De tous côtés les bons mots circulaient,
Et par un rire où les graces brillaient,
Au Paladin les esprits se montraient
Epanouis d'une façon gentille;
Ils excellaient dans l'art des calembourgs.
Esprits pointus des plaisans de nos jours,
Vous êtes nés sous cet astre bénigne.
Les ânes ont là-haut l'esprit bien fait,
Les nôtres ont la bile plus maligne:
Que si cet œuvre à leurs yeux paraissait,
Vous les verriez s'épuiser en ruades,
Et m'envoyer de longues pétarades
Au nom du Ciel; que pitié d'eux il ait!
Mais les pavots de leur Académie,
Sans moi, pourront endormir l'Aonie.
Qu'ai-je besoin, sur le docte sommet,
D'aller montrer, en ma folie extrême,
Un sot de plus? Un de moins il aurait,
Si le S. . . . . avait pensé de même.

Mais reprenons notre premier objet.
Antoine Organt était tout stupéfait
De voir ainsi la pauvre humaine engeance;
Il ne voyait que ce qu'on voit en France.
« Dieu soit loué, ce qu'il fait est bien fait,
» Disait *Organt*. L'homme n'est qu'une bête,
» L'âne non plus; c'est le droit de conquête.
» Apparemment les hommes par là-bas
» Sont les plus forts, & l'âne en ces climats.
» Voyons pourtant, pendant que nous y sommes,
» Si, dans ces arts dont nous nous pavanons,
» Ces ânes-ci valent les ânes hommes;
» Si c'est du moins pour de bonnes raisons
» Qu'ils servent l'homme, ou que nous les servons».
Il se trouvait alors près d'une église.
Il entre, & voit ânes le froc en chef.
Dans notre siecle, il se serait cru, bref,
Chez les enfans de Saint-François d'Assise,
Comme Lourdis, lequel, chez la Sottise,
Si l'on en croit le sincere *Arouet*,
Dans son couvent encore se croyait.
Un âne en chaire, esprit évangélique,
Adoucissait sa voix apostolique.
Il appuyait d'un pied périodique
Les vérités que sa bouche entonnait.
L'oreille haute, & de dextre & de gauche,

Comme

Comme un manant qui dans la plaine fauche,
Son éloquence au peuple il envoyait.
Point n'oubliait une modeste pause,
Quand il avait dit une belle chose.
Son cœur ardent semblait voler à Dieu,
Et les élans de sa voix déployée
Faisaient frémir les échos du saint lieu.
Il parla d'or; la troupe édifiée,
Chacun chez soi s'en fut sanctifié,
Et le Docteur avait si bien prêché,
Qu'en descendant il eut un évêché.
Organt disait : Nous faisons tout de même.
Puis il s'en fut, & l'imprudent fit bien;
Car un bédaut venait chasser le chien.
Comme on jugeait une cause suprême,
Au Parlement il s'en fut de ce pas,
Où tout à l'heure au Cirque de Cujas
Allaient lutter de braillards Avocats.
Là gravement tousse Monsieur le Juge;
Là les grugeurs, & là ceux que l'on gruge.
Bref, un Huissier cria : Paix là! paix là!
L'on fit silence, & puis l'on commença.
Voici d'abord un début pathétique,
Enluminé de fleurs de rhétorique,
Et dans lequel la lune & le soleil
Jouaient sur-tout un rôle non pareil.

Des deux côtés, les Avocats tonnerent,
De tous côtés les oreilles dresserent.
A ce fracas, on devine aisément
Qu'il s'agissait d'un cas très-important.
Si l'on en croit des chroniques certaines,
C'était, Messieurs, pour un licou volé,
Que l'on avait tant & si bien hurlé.
Or vous saurez que, depuis six semaines,
On ne parlait, grand, petit, sage, fou,
Que du licou, du licou, du licou;
On en parlait à la table du Prince,
Dans les boudoirs de toute la province,
Et ce licou fit lui seul plus d'éclat,
Que n'auraient fait mille crimes d'Etat.
Sur ce licou l'on fit un nouveau code,
Et les licous devinrent à la mode:
Onc on ne prit un si juste ornement.
Monsieur le Juge, après très-longue pause,
L'oreille haute, & le nez renfrognant,
Dans le silence & le recueillement,
Comme il aptait à cette grave cause;
Après avoir pesé très-mûrement
La vérité, prononça posément,
Et toutefois condamna l'innocent.
Organt disait, nous en ferions autant.
Bien qu'en ces lieux l'homme fût bète vile,

On ne fut pas de l'y voir bien ſurpris.
Ce n'étoit pas choſe plus incivile
Que voir un âne en tribune à Paris.
On ne dit rien ; on crut, à ſa figure,
Que de ſon âne il était la monture :
On le voyait marcher à ſes côtés.
On adorait dans l'*Aſinomaïe*,
Comme ici bas, *Melpomene* & *Thalie* :
Non toutefois ces deux Divinités,
Meres de l'Art, filles de la Nature,
Rouges ſans fard, & belles ſans parure,
Telles qu'enfin les a repréſenté
La vertueuſe & ſimple Antiquité.
Là *Melpomene*, en âne traveſtie,
Braille en vers froids la morale bouffie,
Et grimaçant pour amuſer les ſots,
En vieux Rhéteurs habille les Héros ;
Prône le M . . . . . , & rit du vieux Corneille,
Siffle Dorfeuille, (1), & careſſe S. . . . F. . . ,
Pour avoir fait de Pyrrhus un brutal,
Et d'Apollon épouvanté l'oreille.
Antoine Organt, ſimple comme un Gaulois,
Dit, en voyant ces Grecs Groënlandois :

---

(1) Dorfeuille, Acteur ſublime, plein de naturel, & par conſéquent repouſſé par les Comédiens français, en dépit du Public même, qui l'a redemandé quatre fois.

C'est donc ainsi qu'on parlait autrefois ?
Il voit *Thalie* en cotillon mesquin,
Pour des sabots laissant le brodequin,
Froidement gaie, & grotesquement tendre,
Dédaigner l'art & le sel de Ménandre.
Organt vit là M....., dont le talent
Est d'écorcher Moliere impunément,
Et Des...., le Sancho de l'école,
Qui croit l'Olympe assis sur son épaule ;
La glaciale & brûlante R.....,
De qui les feux ont fait rougir l'amour,
Et dont le cœur, digne de Messaline,
Parodia la Trinité divine,
Avec trois culs l'un par l'autre pressés,
Et se heurtant, unis & divisés.
F....., suivant & mignon des Héros,
Lequel jamais *ne dormit sur le dos* ;
Cette C....., nouvelle Cythérée,
Que sur le sable apporta la marée ;
Et Dor...., dont le palais branlant
Mâche les vers de sa derniere dent ;
Cette Ch...., ânesse de Cythere,
Divinité dont *Cybelle* est la mere ;
Fl.... enfin, sot avec dignité,
Thersite en scene, *Achille* au Comité.
Or de nos jours *Balourdise* inhumaine,

Tantôt *Thalie*, & tantôt *Melpomene*,
Sur un nuage attelé de dindons,
Pendant la nuit, a, de ces régions,
Devers Paris traîné ces Licophrons,
Et notre France eſt une Colonie
Des champs déſerts de l'*Aſinomaïe*.
Gente *Huberti*, mon Preux ne vous vit point
Dans ce pays; vous étiez à Cythere
Avec l'Amour, dont vous êtes la mere.
Mathieu Pâris m'eſt garant ſur ce point;
Mais vos talens valent bien ſa chronique.
Turpin (1) était le minois d'*Angélique*;
L'Abbé *Tritême* (2) était celui d'*Agnès*.
Organt s'en fut au Temple du Génie;
Certaine odeur de loin prenait au nez,
Odeur aſine, odeur d'Académie.
Figurez-vous les Quarante aſſemblés.
Au milieu d'eux paroiſſait la Science,
Cent fois plus ſotte encor que l'Ignorance;
Ses yeux étaient ceints d'un voile d'airain;
De le percer elle tâchait en vain!
Elle tenait une lanterne obſcure,

(1) Chroniqueur d'Arioſte.

(2) Chroniqueur de la Pucelle.

D'où s'élevait une fumée impure,
Et toutefois son cortége hébêté,
A sa lueur cherchait la vérité.
Sa nuque était vers la terre affaissée;
Elle rongeait le mords avec les dents;
Et par ce mords, sa langue embarrassée
Ne bégayait que des sons discordans.
 Le sot Orgueil paraissait auprès d'elle;
Il lui servait de digne champion,
Et chaque jour, à sa gloire fidele,
Il combattait sa rivale, Raison.
 Le Paladin dormit à la séance;
En ce moment, un songe aérien
Vola vers lui du Mont Olympien.
Il emporta son esprit vers la France,
Et lui fit voir l'image des combats,
Et les lauriers qu'il ne moissonnait pas.
 En ce moment, les troupes s'ébranlerent;
Les deux partis l'un vers l'autre marcherent.
La charge sonne, on vole; mille cris,
De mille coups à l'instant sont suivis.
Charles criait: *Nivernois*, *Picardie*,
Soyons vainqueurs, ou perdons tous la vie!
Les bataillons heurtent les bataillons:
On porte, on pare, on rend mille horions.
Pannon reçoit un coup de cimeterre,

Et voit rouler ſon nez ſur la pouſſiere.
Charles, ſuivi d'un eſcadron picard,
Se précipite, & combat au haſard.
Les ennemis, comme la foudre il perce;
Il frappe, il tue, il écarte, il renverſe.
Vous avez vu les fougueux Aquilons
Livrer la guerre aux fragiles moiſſons,
Bouleverſer les campagnes humides,
Et ſous les eaux chaſſer les Néréïdes :
Ainſi devant *Charlot* & ſes Picards,
Les ennemis fuyaient de toutes parts.
Organt, en proie aux vapeurs de Morphée,
Croyait auſſi lutter dans la mêlée.
Heureux ſommeil, dans tes bras ſéducteurs,
Préſente-moi de plus douces erreurs!
Tranſporte-moi dans ces lieux enchanteurs,
Où les Amours veillent près d'*Emilie*,
Sur le duvet mollement aſſoupie.
Là, ſur la foi des ombres de la nuit,
(O ſonge heureux que n'es-tu véritable!)
Montre-la moi dans un déſordre aimable,
Un bras, un ſein, une feſſe hors du lit;
Que je l'entende, en une erreur pareille,
Me confeſſer quelque tendre ſecret,
Et que le bruit d'un baiſer indiſcret,
Entre mes bras en ſurſaut la réveille.

Le ſang coulait ſur les rives du Rhin,
Organt voyait l'agile Renommée
Courir les rangs, un laurier à la main,
Et les Guerriers de l'une & l'autre armée,
Avec chaleur balancer le deſtin.
Alors *Pepin*, frere du Roi de France,
Tombe mourant à l'aſpect d'une lance.
A ce malheur, *Organt*, ſaiſi d'effroi,
Courut venger le frere de ſon Roi;
Car il dormait, & ne ſoupçonnait guere
Etre ſi loin du monde ſublunaire.
On écoutait alors un madrigal;
Le Paladin, en ſtyle fort brutal,
Change la ſcene, & fond ſur l'Auditoire:
Vîte on détale, & tous les beaux Eſprits
fuyaient chantant ſur le ton de *Piis*.
Organt s'éveille, & rougit de ſa gloire.
Heureuſement ſon âne il retrouva,
Monta deſſus, & dans l'air s'éleva;
Bientôt après ſon procès s'informa.
Quand le *Gardien*, l'oreille délogée,
Se préſenta dans le ſaint Apogée,
Des eſprits purs les regards curieux,
Sous les flots d'or de ſes blondins cheveux
Percerent tôt, & la troupe enjouée
Fit circuler une longue huée.

Monſieur *David*, ſur un ſujet ſi beau,
Un couplet fit, plein d'un ſel hébraïque,
De *Balaam* l'âne en fit la muſique,
Et tous les deux, montés ſur un tréteau,
L'un modulant ſa harpe prophétique,
L'autre l'éclat de ſa voix énergique,
Vilipenda le bon Ange confus,
Et divertit le peuple des Elus.
Le gros *Cochon*, d'Antoine le compere,
Fit le trio; car jaloux il était
Que le Pſalmiſte, & l'âne, ſon confrere,
Euſſent pour eux tout l'honneur du couplet!
Vous euſſiez dit trois de l'Académie.
  Le bon *Gardien* n'entendit raillerie.
« Corbleu, dit-il on vous conſeillerait
» De plaiſanter, ſi toute ma vaillance,
» De mon oreille avait ſuivi la chance.
» Je n'en ſais rien; mais je m'en ſens, je crois,
» Encore aſſez pour vous cogner tous trois.
» Si la valeur était dans les oreilles,
» De vous braver je me garderais bien;
» Car il n'en eſt aux vôtres de pareilles
» Dans le contour de l'oſt Olympien.
» Mais je ne ſuis ni *Baudet*, ni *Pſalmiſte*,
» Et ni *Cochon*, de par *Saint-Jean Baptiſte*:
» Donc, pour avoir ma revanche en ce point,

» Je vous attends tous trois au coup de poing ».
Un tel discours enflamma le courage
Du *saint Roi Juif;* il s'élance à l'instant,
Se met en garde, & le combat s'engage.
Nos deux lutteurs, une jambe en avant,
Les yeux en feu, sous leurs poignes nerveuses,
Font tour à tour gémir leurs têtes creuses.
L'*Ange* reçoit sur son nez émoussé,
Un vaillant coup, dont il est renversé
Si rudement, que les cieux en frémirent.
Des cris de joie & de peur s'entendirent.
Il se releve, & baissant un front dur,
Prend son élan, & va d'un coup plus sûr
Frapper le Juif dans sa ronde bedaine,
Et l'envoya, sans pouls & sans haleine,
A quinze pas. L'intrépide *Gardien*
Court attaquer l'âne musicien.
Pour le *Cochon*, il avait fui d'avance;
Pour un *cochon*, c'était trait de prudence.
L'*âne* entonna l'hymne pour le combat,
Et présentant ses fesses déliées,
Lâche au *Gardien* ses gregues déployées;
Adroitement l'*Ange* sur lui sauta,
Et le baudet par les airs l'emporta,
En répétant le couplet du *Psalmiste*,
Qui chantait lors sur un ton bien plus triste.

Mon cher Lecteur, laissons battre les Saints,
Et revenons à ces pauvres humains.
J'ai trop long-temps voyagé par les nues,
En vous leurrant de visions cornues,
Et de maint conte à sommeiller debout.
Il faudra bien enfin que je vous parle
De l'*Aumônier*, de *Vitikin*, de *Charle*,
De *Caroline*, & *Nicette* sur-tout.
Dame Folie a brisé mes cordages.
Comme un vaisseau qui flotte sur les eaux,
Par un gros temps détaché des rivages,
Ma frêle nef s'avance au gré des flots :
Puissent les vents nous être favorables,
Et nous mener, par des sites aimables,
Devers Ithaque, ou, pour mieux dire, au but
Et de son port, *dans celui du salut* !

CHANT IX.

ARGUMENT.

Comment l'Aumônier George , *jadis fessé , rencontra sa maîtresse* Balourdise ; *comment il se brouille avec icelle ; comment le Comte* de Blois *délivra sa sœur.*

Mon cher Lecteur, prenez une bouteille
Auprès de vous , & si vous fais dormir ,
Buvez un coup , cela l'esprit réveille ,
Ou tout du moins l'endort avec plaisir.
C'est un remede exquis , aimable , voire ,
Dont se servait , quand il lisait *Cottin* ,
L'ami *Boileau* , de caustique mémoire ,
Et maint moderne , en lisant le *Cousin* ;
Au lieu d'écrire , il ferait mieux de boire ;
Il rirait mieux , & nous bâillerions moins ,
S'épargnerait nos ennuis & ses soins ,

Et le plaisir aurait, s'il n'a la gloire ;
Car, mes amis, l'un vaut l'autre, à mon sens :
L'un est aimable, & l'autre une cruelle,
Qui dans ses bras étouffe ses amans.
Dans l'un & l'autre, à l'égal on chancele ;
Mais il vaut mieux chanceler dans le vin,
Que sur le Pinde, une lyre à la main.
  Prenez pour vous cet avis d'importance,
Dira *Piis*. Êtes sot comme nous.
Soit, j'en conviens ; mais le Docteur *Amphoux*,
Dans un B. . . . *l*. , prêche la continence.
Piis & moi sommes sots, j'en conviens ;
Mais malgré tout, bien que chacun le sache,
Soit vanité, soit complaisance lâche,
Nous ne saurions dissoudre nos liens.
Mais quant à moi, je n'ai pas la manie
De m'ériger en maître d'harmonie,
Et de vouloir que le Faune dansant
Accoure au bruit de mon sistre écorchant ;
De croire enfin, si le goût me condamne,
Que le public a des oreilles d'âne.
Sur ce point-là, *Piis* m'est différent.
Amen, amen. Viens, Dieu de la bouteille,
Prends ma trompette à ta bouche vermeille ;
Inspire-moi, fais briller mes écrits
Du feu charmant dont brûlent tes rubis.

Çà, revenons à l'hiſtoire diſcrete
De l'Aumônier qui convoita *Nicette*,
Lequel avons au cabaret laiſſé,
Bien ſot naguere, & ſur-tout bien feſſé.
Je vais chanter, ſur ma vielle comique,
Ce qui ſuivit cette encombre tragique.
Quand une fois le bizarre deſtin
A ſur quelqu'un appeſanti ſa main,
C'eſt pour long-temps, & le cruel entaſſe
A chaque inſtant diſgrace ſur diſgrace.
Olympe un jour perdit ſon perroquet,
Deux jours après, ſon petit chien barbet,
Son chat enſuite, & d'outrage en outrage,
Bientôt après perdit ſon pucelage,
Et dit enſuite avec quelque ſujet :
Cruel deſtin, n'es-tu pas ſatisfait?
George de même, & pour une accolade,
Se vit roué d'une horrible gourmade.
Ce ne fut tout ; car le ſurlendemain,
En ſe levant, pour tout bien il ne treuve
Que ſa culotte & ſon miſſel latin.
Il fait tapage ; il appelle la *veuve* ;
Il apprend tout. Je ne vous peindrai pas
De ſa fureur les terribles éclats.
Le Diable il jure, & le pouvoir magique,
Qu'on lui paiera ce déloyal affront.

Parlant ainsi d'une voix énergique,
Ses yeux remplis d'un feu diabolique,
S'arrondissaient, & sortaient de son front.
Seul en son gîte alors il se retire;
Sa voix s'entend au ténébreux Empire,
Et sur le champ on voit les toits voisins
Environnés de cinquante Lutins.
George, bientôt, avec l'air d'un vieux Reître,
Impétueux, vole par la fenêtre,
Droit sur un char traîné par deux mulets.
Ces deux coursiers étaient nos deux valets,
Par qui, naguere, avint cettuite affaire,
Qui du Frocard maltraita le derriere.
Mes amis chers, ceci vous apprendra
A ne jamais vous mettre en ce cas-là;
Car vous voyez que la prompte vengeance,
D'un pied léger vers le crime s'élance.
George en fureur, au bruit de maint pétar,
Menace, jure, & fait voler son char.
Il rencontra dame *Balourderie*,
Qui s'en venait alors de l'Italie,
Selon *Pâris*, où l'avait appelé
Le bruit naissant d'un Concile assemblé.
George sentit, en la voyant paraître,
Doux mouvement dont il ne fut le maître.
Les deux amans, l'un vers l'autre empressés,

Quelques instans se tinrent embrassés.
George lui dit : « Qu'es-tu donc devenue,
» Ma Déïté, depuis qu'on ne t'a vue ?
» Je t'avoûrai que, séparé de toi,
» J'étais, hélas ! moi-même loin de moi.
» Cent fois le jour, je maudissois l'Eglise
» Qui m'enlevait ma chere *Balourdise*.
» Mais où vas-tu ? viens-tu vers ton amant
» Te délasser des romains protocoles ?
» Hélas ! ce cœur est peut-être inconstant !
» N'allais-tu point à nos Etats des Gaules » ?
« Quoi, lui dit-elle, ah ! peux-tu bien penser
» Que de mon cœur ton nom pût s'effacer ?
» Quand mes sermens & ce dernier baiser
» Ne seraient point garans de ma tendresse,
» Ignores-tu que toujours ta maîtresse
» Aima l'Eglise, & les Moines sur-tout ?
» C'est un penchant éternel, invincible,
» Et sûrement vous m'affligez beaucoup
» De me piquer en cet endroit sensible ».
Par un baiser qu'à sa bouche il frappa,
Le Moine dur la sotte consola.
Il raconta ses prouesses sans nombre,
Depuis le jour que la Belle il quitta ;
Mais il glissa sur la derniere encombre.
Comme il parlait, un cri les airs perça.

Soudainement *George* les yeux baiſſa,
Et vit à terre une troupe hardie
De Paladins, qui, pour Dame ravie
Par icelui, prenant *Balourderie*,
Le défiaient par un cri menaçant,
Et leurs écus de leurs armes choquant.
Lui, peu friand des honneurs d'une joûte,
Etait d'avis de pourſuivre ſa route ;
Mais *Balourdiſe* était femme de cœur,
Et délicate envers le point d'honneur.
« Quoi, lui dit-elle, oſes-tu bien prétendre
» A mon amour, ſans oſer le défendre ?
» Va-t'en combattre, ou je fuis ſur le champ ;
» Sois brave, ou bien ne ſois pas mon amant.
» Quoi, tu te tais ! quoi, vous branlez la tête !
» Quoi, vous riez ! C'eſt ainſi qu'on me traite !
» Point ne m'aimez ». « Si fait, dit *George* ; mais »,
« Quel eſt ce mais, reprit-elle en furie ?
» Va, tu n'es bon qu'à panſer des mulets.
» Voilà l'effet du ſaint vœu qui te lie !
» Lâche Frocard, Moine indigne, je voi
» Le peu d'amour que ton cœur a pour moi.
» Faut-il qu'un Moine, hélas ! me ſoit parjure » ?
La Dame alors emporte ſon injure,
En maudiſſant de bouche ſon amant,
Mais comme Moine encor le chériſſant.

Nos Paladins, voyant fuir *Balourdise*,
Crurent au sire avoir fait lâcher prise.
Vers le lever de l'astre de Vénus,
Tel un renard aux jarrets étendus,
Lequel traînait dans sa gueule imprudente,
A ses petits une poule sanglante,
Aux jappemens des mâtins accourus,
Lâche sa proie, & trompe leur attente.
Nos deux amans, après de tels adieux,
Tout stupéfaits, s'envolaient par les cieux.
Ces Paladins étaient Henri *de Guise*,
Paul Enguerrand, & le Comte *de Blois*.
Unis de gloire & d'amitié tous trois,
Ils avaient fait ensemble l'entreprise
De délivrer *Marguerite d'Evreux*.
Depuis trois ans, cette jeune Princesse,
Dans un désert, sur un rocher affreux,
Où se brisait l'océan orageux,
Pleurait l'erreur d'une tendre faiblesse.
On la croyait morte depuis long-temps.
La cruauté de ses lâches parens,
Sur ce rocher l'avait seule exposée
Avec le fruit d'une innocente erreur,
Pour y mourir, au gré de leur fureur,
De faim, de honte, ou plutôt de douleur.
De maints Héros la valeur abusée

Avait long-temps cherché dans l'univers
Le bord heureux, l'impitoyable rive
Qui retenait *Marguerite* captive ;
Mais vainement. En croisant sur ces mers,
Quelques Marchands d'*Antioche* & de *Damiete*
Furent un jour portés par la tempête
Vers ce rocher, où l'amour malheureux
A relégué *Marguerite d'Evreux*.
« Oh ! si le sort vous mene en ma patrie,
Dit *Marguerite* à ces Marchands d'Asie,
» Allez à *Blois* ; mon frere en est Seigneur ;
» Découvrez-lui le destin de sa sœur,
» Car il l'ignore avec toute la terre ;
» Quand je partis, il était à la guerre,
» Et mes parens, sans doute sur mon sort,
» Auront jeté le voile de la mort ».
Le juste Ciel, vers les côtes de France,
Fit naviguer, au bout de quelques mois,
Les Nautonniers, qui, par reconnaissance,
Ou par l'attrait de quelque récompense,
Cherchent le Comte en la cité de *Blois*.
Les yeux sans cesse étendus vers la France,
Dans son désert, *Marguerite d'Evreux*
Se nourrissait d'une frêle espérance,
Depuis le jour de ce naufrage heureux.
Dans les ennuis de sa longue détresse,

Elle croyait, tantôt que les Marchands
Ont oublié ses maux & leur promesse ;
Tantôt l'espoir adoucit ses tourmens ;
Elle disait : « Je reverrai peut-être
» Ces champs fatals où le Ciel m'a fait naître ;
» J'embrasserai l'urne de mon amant,
» Cette urne, Ciel ! dont mon cœur est l'image !
« Tu pleureras, fatal & tendre enfant,
» Tu pleureras sur ce cher monument
» Où gît le cœur dont le tien est l'ouvrage !
» Son crime fut un malheureux amour,
» Et le moment qui t'a donné le jour.
» Le sort cruel refuse à ta misere
» De proférer jamais le nom de pere.
» Tu ne pourras dans le monde espérer
» D'autre bonheur que celui de pleurer.
» Si la douleur consume enfin ma vie,
» Sans nom, proscrit, tu fuiras ta patrie ;
» Dans le tombeau, je ne pourrai plus, moi,
» Te consoler, ni pleurer avec toi ;
» Le préjugé te refusera même,
» Et la douceur & le soulagement
» De confier, dans ta misere extrême,
» De tes malheurs le secret flétrissant.
» Ciel ! est-ce là la funeste espérance
» Dont je me flatte en retournant en France ?

» Ah ! rien ici n'outrage tes malheurs ;
» Tu n'y vois point les monſtres déteſtables
» Dont la fureur nous a trouvés coupables.
» Après mon lait, tu vivras de mes pleurs » !
Ainſi parlait la faible *Marguerite*,
Baignant de pleurs, ſerrant contre ſon ſein
Ce tendre fruit de ſa flamme proſcrite,
Qui la preſſait d'une innocente main,
Et ſouriait à ſon cruel deſtin.
Une autre fois, d'*Evreux* étend la vue
Sur cette humide & déſerte étendue.
Chaque vaiſſeau qui point dans le lointain,
Lui rend l'eſpoir, & l'emporte ſoudain.
Un ſoir enfin qu'en proie à ſa détreſſe,
Sur le rivage elle ſe déſolait ;
Un bruit s'entend, & voici qu'il paraît
Trois paladins armés de toute piece.
» *Guiſe, ô mon frere, ô mon frere, Enguerrand* » !
D'*Evreux* alors tombe ſans mouvement ;
Mais le plaiſir la rend à la lumiere.
« Je te revois, je t'embraſſe, ô mon frere » !
Monſieur *de Blois*, de pleurs de ſentiment,
Baigne la ſœur, & la mere, & l'enfant.
Sans ſe parler, long-temps ils demeurerent,
Et dans leurs bras tous quatre ſe preſſerent.
Sous un rocher d'*Evreux* les conduiſit,

Et pour repas des figues leur servit.
« O mes amis ! leur dit-elle ; ô mon frere !
» Vous la voyez la roche hospitaliere,
» Qui, dans ma peine, en son sein m'a reçu ;
» Ici trois ans ma douleur a vécu ;
» Ici naquit cette faible victime,
» Ce faible enfant dont la vie est le crime.
» Et mes parens, ils sont sans doute morts ?
» On ne saurait vivre avec les remords.
» Ils ne sont plus, lui répondit le *Comte*.
» Dieu les frappa d'une vengeance prompte ;
» J'eus à pleurer dans le même moment
» Tant de malheurs, & celui de survivre
» A ton désastre, & ne pouvoir te suivre.
» Au premier bruit que ton fatal amant,
» Par un forfait, avait perdu la vie.
» Il accourut du fond de la *Neustrie*,
» Un Chevalier, son pere apparemment,
» Qui dans le sang de mon pere coupable
» Lava l'affront par un coup honorable.
» Bientôt ma mere expira de chagrin :
» Avec la vie expire l'infortune !
» Moi, je ne dus une vie importune
» Qu'à la rigueur de mon triste destin.
» Je te crus morte avec la Renommée,
« Qui m'apporta ce récit dans l'armée.

» Et j'ignorais, avec tout l'Univers,
» Les incidens de ce cruel revers.
» Mais apprends-nous ce funeste mystere,
» Enseveli dans l'urne de mon pere ».
D'*Evreux* repart : « De mon cruel amour
» Un tel récit va rallumer la cendre,
» Et dans mon cœur réveiller le vautour.
» O souvenir impitoyable & tendre !
» O mon amant ! ô mon cher *Archambau*,
» Puisse ma voix s'entendre du tombeau !
» Dans nos foyers, près de ma mere oisive,
« J'avais passé mon enfance captive :
» Je vis le jour, pour la premiere fois,
» Lorsque je fus à tes noces à *Blois*.
» J'avais quinze ans ; innocente, inconnue,
» De maints Héros mon nom fixa la vue ;
» Mais *Archambau*, venu pour mon malheur,
» Seul eut mon ame, & seule j'eus son cœur.
» Il était fils d'un Guerrier de *Neustrie*,
» Pauvre, mais grand ; obscur, mais vertueux,
» Grand par lui-même, & non par ses aïeux.
» Que vous dirai-je ? il me donna sa vie,
» Et mon amant était noble à mes yeux !
» De ma vertu la rougeur indiscrete
» Lui découvrit ma fatale défaite,
» Et je lisais sur son front amoureux
» Ses sentimens, & les miens avec eux.

» Ah ! j'ignorais que s'aimer fût un crime !
» Il l'ignorait sans doute comme moi ;
» Il me donna, je lui donnai ma foi ;
» De mes faveurs je parai ma victime ;
» Mais inquiete, & sans savoir pourquoi ! . . .
» Plaisirs cruels, de combien de détresse
» Mon triste cœur a payé votre ivresse !
» Je devins grosse, & mon crime innocent
» Trahit bientôt mon malheureux amant.
» Baigné de pleurs, il va trouver ma mere,
» Pour implorer sa générosité.
» Il était pauvre, & mon pere irrité,
» En le voyant, saisit un cimetere. . . . »
« Frappez, dit-il ; mais vous êtes mon pere.
» Je dois mourir, sinon de votre main,
» D'amour, d'horreur, de honte & de chagrin.
» Mais épargnez votre fille adorable.
» Je l'ai séduite, & voici le coupable,
» Ce faible cœur, qui seul a fait le mal,
» Et qui croyait le vôtre plus loyal ».
» Ma mere alors, implacable tigresse,
» De son époux gourmande la faiblesse,
» Et de sa main, sa main court arracher
» L'acier fatal qui semblait trébucher.
» Mon pere cede à sa bouillante rage ;
» Ma mere vole, épouvantable image !

« Ah !

» Ah ! mon amant ! ah ! ce ſein adoré
» De mille coups eſt déjà déchiré !
» O juſte ciel ! ô jour que je déteſte !
» J'ai pu te voir après ce coup funeſte !
» Il expirait, & ſes derniers accens
» Etaient : Seigneur, épargnez vos enfans !
» Cher *Archambau*, peut-être que ton ombre
» Cherche d'*Evreux* ſur le rivage ſombre.
» Trop faible hélas ! ton amour ne croit pas
» Qu'elle aura pu ſurvivre à ton trépas :
» Mais j'ai vécu pour cet autre toi-même,
» Pour nous donner quelque jour un vengeur ;
» Et j'ai connu, par ma miſere extrême,
» Qu'on ne meurt point d'un excès de douleur.
» *Alix* accourt devers une tourelle,
» Où j'attendais mon amant expiré.
» Elle me peint cette ſcene cruelle.
» Le fer en main, mon pere entre égaré.
» *Alix* s'élance ; il me frappait ſans elle.
» Evanouie & froide entre ſes bras,
» De ſa fureur je ne me ſouviens pas.
» Le lendemain, plaintive & malheureuſe,
» On m'envoya ſur cette rive affreuſe.
» Un mois entier je parcourus les mers ;
» Depuis ce temps, morte à tout l'Univers,
» Livrée en proie à ma douleur profonde,

» Mon cœur n'avait pour confidens muets
» De tant d'amour & de tant de regrets,
» Que les cieux ſourds, que les rochers & l'onde,
» L'onde où mes pleurs ſe mêlaient nuit & jour.
» Sur ce rocher, mon ſein a mis au monde
» Cet innocent, fruit d'un coupable amour;
» Avec mon lait, il a bu l'infortune
» Que le Deſtin nous a rendu commune.
» C'était ici que je croyais mourir;
» Ma crainte était de le laiſſer, peut-être,
» Ce faible enfant, avant de ſe connaître;
» Et pour tromper ma crainte & mon loiſir,
» J'avois tiſſu ce berceau, pour l'y mettre,
» Et ſous le Ciel, en mourant, l'envoyer
» Chercher ſur l'onde un bord hoſpitalier.
» Le vent un jour s'éleva ſur ces plages;
» Le ciel noirci ſe couvrait de nuages,
» Et dans les flots ſe briſaient les éclairs;
» Des cris confus s'élevaient dans les airs.
» Je vois de loin ſur la mer écumante
» Trois vaiſſeaux prêts à périr tour à tour:
» De plus en plus redouble la tourmente;
» Et l'horizon, dans ſon vaſte contour,
» Aux Nautoniers, tous glacés d'épouvante,
» Ne préſentait que des montagnes d'eau,
» Que ce rocher, & qu'un vaſte tombeau.

» La mer mugit, & la vague qui brûle,
» Sur les vaisseaux fond, éclate, & recule.
» Je m'ecriai, pour épuiser mes pleurs :
» Est-ce trop peu de mes propres malheurs !
» La nuit survint ; les éclairs, le tonnerre
» Brillerent seuls durant la nuit entiere.
» Je recueillis à l'aube, sur ce bord,
» Quelques Nochers échappés à la mort ;
» Leur vaisseau seul, respecté du naufrage,
» Sous des rochers qui cintrent le rivage,
» Par le hasard avait été jeté ;
» Asile affreux, mais plein de sûreté.
» Je les rendis, par mes soins, à la vie,
» Et je vois bien qu'ils n'ont pas oublié
» Le vœu d'aller bientôt dans ma patrie,
» Que m'avait fait leur tranquille pitié ».
Monsieur *de Blois* embrassait *Marguerite* ;
Paul *Enguerrand* de pleurs baignait sa main ;
Henri de Guise, esprit tendre & chagrin,
Disait, versant des larmes d'*Héraclite* :
« Jaloux de voir son œuvre trop parfait,
» Dieu sur la terre envoya l'Intérêt ;
» L'enfer ouvrit son gouffre épouvantable,
» Et nous vomit ce monstre impitoyable.
» Dans ces beaux jours écoulés à jamais,
» Et dont nos cœurs conservent la chimere,

» Jours fortunés de candeur & de paix,
» Où Dieu sans doute habitait sur la terre,
» L'Indépendance avec l'Egalité
» Gouvernaient l'homme, enfant de la Nature,
» Et destiné, par son essence pure,
» A la vertu comme à la liberté.
» L'autorité de criminelles loix,
» De ses penchans n'étouffait point la voix.
» Les cœurs égaux, d'un accord unanime,
» Brûlaient sans honte & se damnaient sans crime.
» Mais dans le monde arrivé l'Intérêt;
» L'Egalité tout à coup disparaît,
» L'Ambition dresse sa tête immonde,
» L'Amour en pleurs abandonne le monde;
» La Tyrannie invente les sermens;
» Le Désespoir égare les amans;
» L'or fait des lois, & l'Intérêt amene
» Le déshonneur, les forfaits, & la haîne.
» Ah! fallait-il, ô Ciel, dans ta rigueur,
» Captiver l'homme, & lui laisser un cœur »!

CHANT X.

ARGUMENT.

Songe de Charlemagne, *saillie d'extravagance; désespoir de* Caroline; *discours de Dieu à l'*Ange gardien d'Antoine Organt.

De tous les dons que le Destin avare
A faits à l'homme, à mon sens, le plus rare
Et moins brillant, est la *Discrétion*.
Cette inconnue arriva sur la terre,
Apparemment du séjour du tonnerre;
Elle amenait l'Amitié, l'Union,
L'art de régner, l'art d'aimer, l'art de vivre;
Amour laissa sa mere pour la suivre,
Et la quitta depuis pour M.....;
Elle n'avait, pour orgueilleux emblême,
Et faux garant d'un Roi déifié,
Ni sceptre d'or, ni char, ni diadême,

Comme Socrate, elle venait à pié.
Or, à la Cour, avint cette merveille.
Discrétion vit dans ce beau pays
Peuple protée & peuple de fourmis,
D'un Roi berné coupables favoris,
Main dans sa poche, & bouche à son oreille,
Adulateurs semblables à l'abeille,
Ayant son miel, ayant son aiguillon,
Son avarice, & non pas sa raison;
Son temps, sa fin, son utilité, non.
Elle vit là l'Adolescence grise,
L'Intrigue fausse, habillée en Franchise,
L'Esprit lui-même adorant la Sottise;
Ce grand pipeur, appelé le Renom,
Dans le tissu d'un rêts imperceptible
Prenant l'Orgueil, malgré l'homme sensible;
Le Crime heureux, à l'abri d'un nom grand,
Et l'Amitié qui rit amerement.
Discrétion s'aperçoit que l'on passe
par une porte assez large, mais basse;
Si que les gens avaient souvent l'affront,
Quand ils entraient, de se casser le front:
Elle remarque un Courtisan comme elle,
Franc sans ivresse, & noble sans fierté:
Il avait l'air d'aimer la vérité;
S'il la voilait, c'était sans lâcheté.

« On eſt encore à mon culte fidele
» Dans ce pays ſi faux », ſe diſait-elle.
Elle l'aborde, & tirant ſon bonnet,
Sur un front jaune, elle lut : *Intérêt*.
Diſcrétion quitte cette contrée,
A l'avarice, au parjure livrée,
Et va chercher dans ce vil univers
Un cœur ou deux à ſon amour ouverts.
Elle chemine ; elle voit à la ville
Le citadin dénigrer ſon voiſin,
Dans le moutier, ſéjour morne & tranquille,
La Nonnain pie aboyer la Nonnain ;
Dans ſon déſert un Hermite hypocondre,
Contre le monde en plaintes ſe morfondre.
Diſcrétion, à ces triſtes portraits,
Fondit en pleurs, & partit pour jamais.
J'en veux venir de ce trait de morale
Au camp de *Charle*, où l'Indiſcrétion
Vient d'allumer une ſcene fatale.
Mathieu prétend que l'adreſſe infernale
En fut la cauſe ; on peut croire que non.
Charle, éveillé par un ſonge funeſte,
Un beau matin l'aurore devançait,
Et dans le camp, rêveur, ſe promenait.
Il va trouver ſon Aumônier *Placet*.
« Réveillez-vous, Pere, dit-il : malpeſte,

» Certain souci me trouble ce matin ».
Ce Directeur complaisant & benin,
Par une tendre & charitable adresse,
De l'Empereur chatouillait la faiblesse.
Le Révérend de saint homme *Placet*
A l'Empereur avait fleuri la voie
Pour arriver à l'éternelle joie.
Avec candeur Charlemagne péchait,
Ses crimes saints le Pactole lavait.
Pauvres humains, que de pareils Apôtres
Vivent ainsi des sottises des autres!
Il faisait nuit quand *Charlemagne* entra.
Le Révérend en sursaut s'éveilla.
Une fillette, en sa couche bénite,
Se tapissait; aimable Néophite,
Elle cherchait, dans les bras du Pasteur,
L'illusion des bras du doux Sauveur.
Le *Révérend*, comme quand on s'éveille,
Tremblant de peur, soupire, étend les bras.
« Quoi si matin Votre Majesté veille »!
Dit-il au Roi. *Annette*, au fond des draps,
Furtivement nichait ses doux appas.
Sur ses genoux sa gorge palpitante
Donnait au lit un tendre mouvement,
Fait pour le cœur d'un moins grossier amant.
Charles disait: « Un songe me tourmente;

» Un Négroman, autrefois m'a prédit,
» Que quand ma femme aurait mis à ma place
» Quelque galant, j'en rêverais la nuit,
» Et j'ai rêvé : ce souvenir me glace.
» Je la voyais ! Non, j'ai fermé les yeux,
» Pour ne rien voir de ce crime odieux.
» Las ! j'entendais sa bouche, autrefois tendre,
» Mille baisers & recevoir & rendre.
» Je l'entendais ; & me croyant déçu,
» Elle pâmait, disant, il est cocu.
» Mon Révérend, une action si noire
» Sera toujours présente à ma mémoire ».
Et cependant *Annette* se disait
En tremblotant : *Mon mari, s'il rêvait !*
Le *Révérend,* craignant que la lumiere
Ne les surprit dans de tels entretiens,
Lui repartit qu'on rêvait le contraire
Le plus souvent ; que les Magiciens
N'étaient jamais que des mauvais Chrétiens,
Des imposteurs abusés par les Diables,
Et qui vendaient de criminelles fables ;
Que *Cunégonde* était sage au surplus,
Qu'on la voyait tous les jours à la messe,
Et qu'elle avait chez elle des *agnus*.
Ergo, dit-il, le souci qui vous presse
Est une erreur, un péché. Dans ce cas,

Répondit *Charle*, il faut le croire... *Hélas!*
Charle s'éloigne, & le Pere, fort aise,
Rassure *Annette*, & l'embrasse, & la baise.
Partant, *Annette* attendait le matin.
Démangeaison d'évaporer le songe!
La nuit, trop lente à son gré, se prolonge;
Elle le dit à certain Paladin
Sous le secret; il jure sa tendresse;
Et sur la foi de semblable promesse,
Un sien ami le sut au même instant;
Un autre, bref, fit le même serment;
Un autre après. La nouvelle discrete,
De bouche en bouche allait se grossissant.
La Renommée enfin prit sa trompette,
Et la sonna tout au travers du camp.
Le Révérend fut quereller *Annette*;
Annette fut laver le Paladin,
Et celui-ci, son ami, qui soudain
Va gourmander son bavard interprete.
Celui-ci va se plaindre à son voisin;
Si qu'à la fin, de querelle en querelle,
Cette fureur devint universelle.
Chacun prend feu, l'on voit couler le sang,
Et ce n'est plus qu'un vaste embrâsement.
L'acier fatal en tous lieux étincelle.
Tous nos Messieurs voulaient avoir raison;

Ils ſe diſaient, vous me la baillez belle;
Et furieux, dans leur opinion,
Etabliſſaient, au bout de leur épée,
Le ſentiment de leur tête éventée.
Ceux qui n'étaient du funeſte ſecret,
Prenaient parti pour un tel qu'on roſſait.
L'un eſſayait ſa benoite éloquence,
Et la réponſe était un coup de lance.
Vous prétendrez qu'à vous ſeul, diſait l'un,
Le Ciel aura donné le ſens commun?
Et vous voulez, *par Saint-Jean*, diſait l'autre,
Berner mon ſens, & que je ſois du vôtre?
Oh! de pardieu, le fer décidera
Lequel des deux le mieux raiſonnera;
Puis on jurait. Le glaive heurte le glaive;
L'un, ſe roulant, demande qu'on l'achève;
Par-tout des cris, par-tout des hurlemens,
Des coups de ſabre & de beaux argumens.
Notre *Empereur*, enfermé dans ſa tente,
Dans le tokai noyait ſon épouvante;
Par-tout les chefs allaient criant: Meſſieurs!...
Et finiſſaient par ſe battre avec eux.
Le jeune *Page*, amant de *Caroline*,
Tombe mourant, atteint de part en part,
Du coup vaillant d'un rude braquemart.
La courageuſe & ſenſible héroïne

A ſon ſecours volait de rang en rang.
Elle le trouve ; il était expirant.
A ſes ſanglots, ſa paupiere ſe rouvre,
Et le trépas d'un nuage la couvre.
Elle l'appelle, il n'entend plus ſa voix ;
Elle baignait de ſes naïves larmes
Ce corps chéri, ce corps ſi plein de charmes.
« Quoi tu n'es plus ? diſait-elle parfois ;
» Quoi je vivrai ſans toi, mon tendre Page !
» Mais le trépas a glacé ce viſage ;
» C'en eſt donc fait » ! A ces funeſtes mots,
Déſeſpérée, au travers la campagne,
Bientôt du Rhin le rivage elle gagne,
Pour y noyer ſa douleur dans les flots.
Tous les rochers de cette triſte plage
Se renvoyaient : *O douleur! ô mon Page!*
Un vieux Paſteur des vallons d'alentour
Avait mené ſes troupeaux ſur la rive,
Aux cris touchans de la Reine plaintive ;
Il accourut, inſpiré par l'Amour :
Il la ſurprend, éperdue, interdite,
Dans le moment qu'elle ſe précipite.
« Que faites-vous » ? lui dit-il en courant.
— Je veux mourir, & ſuivre mon amant ».
Ce bon vieillard, en pleurant avec elle,
Crut adoucir ſa détreſſe mortelle.

« Tu n'a jamais aimé, lui disait-elle,
» Levant les yeux & poussant un soupir;
» Car ta pitié m'aurait laissé mourir.
» Mon Page est mort, & tu veux que je vive !
» Ne faut-il pas que mon ame le suive ?
» Un amant cher peut-il être oublié ?
» Un cœur peut-il vivre sans sa moitié ?
» Comment veux-tu, mon pere, qu'il soutienne
» De son bonheur le triste souvenir ?
» Comment veux-tu qu'il regarde sans peine
» L'espoir trompé d'un si tendre avenir,
» L'affreux tableau d'un bonheur qui m'échappe,
» Mon amant mort, & le coup qui le frappe;
» Ce sein percé, ce sein jadis charmant,
» Froid, sans amour, & baigné de son sang ?
» O ciel ! reprends & ma gloire & mon trône;
» Sans le bonheur, qu'est-ce qu'une couronne » ?
« Lorsqu'au Destin il a plu de sévir,
Dit le *vieillard*, qui la voit égarée,
» Il faut céder, ma fille ». — Il faut mourir !
Répond la *Reine*. A ces mots, effarée,
Elle se leve, & veut chercher la mort.
Le bon Pasteur l'arrête avec effort.
« Je vous suivrai, disait-il, dans le fleuve,
» Et vous serez cause que mes enfans,
» Que mes enfans & ma mourante veuve

» Rempliront l'air de leurs cris languiſſans.
» Avec horreur ils liront ſur le ſable,
» De mon trépas le ſecret déplorable.
» Songez encor, ſi ce faible intérêt
» Ne peut fléchir un coupable projet,
» Que votre mort, outrageant la Nature,
» Laiſſe un amant privé de ſépulture.
» Venez lui rendre encore cet honneur ;
» Mourez après, mais mourez de douleur » !
Les yeux au Ciel, la touchante héroïne
Devers le camp avec lui s'achemine.
L'aveugle rage avait fait place enfin
Au repentir, aux regrets, au chagrin.
L'un pleure un fils, un autre pleure un pere ;
Pour un ami, l'autre ſe déſeſpere.
On n'entendait que des cris de douleurs ;
On ne voyait que du ſang & des pleurs.
Vers ſon amant, *Caroline* s'élance,
Baiſe ſon ſein, ſa bouche, ſes beaux yeux,
Et des ſanglots ſont ſes derniers adieux.
Quatre ſoldats mettent en croix leur lance,
Et vers le Rhin emmenent le Guerrier
Sous les rameaux d'un pâle peuplier.
Le bon vieillard, par aventure eſſaye
Un baume heureux qu'il répand dans la plaie ;
Bientôt après il entend un ſoupir ;

Il voit ses yeux & sa bouche s'ouvrir.
Qui pourrait peindre & l'ivresse imprévue,
Et les transports de la Reine éperdue?
Morne, son cœur est passé dans ses yeux,
Et ses regards s'attachent vers les cieux.
  Laissons le Rhin & ses bords odieux,
Dressons mon vol dans le séjour des Dieux.
L'Agneau de paix, qui défend qu'on se venge,
D'*Antoine Organt* appelle le *bon Ange*
Près de son trône, & se signe, & lui dit:
« Mon cher *Gardien*, vous savez que Dieu lit
» Au fond des cœurs, & sait ce qui s'y passe;
» Or j'ai surpris dans le vôtre un dessein
» Contre le *fils* de mon Prélat *Turpin*.
» Vase de paix, je vous demande en grace
» D'oublier tout, & de lui pardonner:
» C'est un enfant que je voudrais sauver;
» Et puis sachez que le sort de la France
» Est dans ses mains, & que c'est à lui seul
» Qu'il est permis de tourner cette chance.
» Ainsi, volez près de votre filleul,
» Formez son cœur, adoucissez sa bile,
» Apprivoisez son humeur indocile.
» Je veux encor l'éprouver quelque temps,
» Et l'amener, par des chemins glissans,
» Aux mœurs dévots de Soldat d'Evangile.

» Oublìez tout, & pardonnez tout ; car
» Nous le voulons, & buvez ce nectar ».
L'*Ange* voulut répondre. Dieu le pere
Dit : *Uriel, préparez mon tonnerre !*

Fin de la premiere Partie.

www.ingramcontent.com/pod-product-compliance
Ingram Content Group UK Ltd.
Pitfield, Milton Keynes, MK11 3LW, UK
UKHW031854260826
14628UKWH00002B/758

9 782019 689995